키다리 아저씨

키다리 아저씨

진 웹스터 지음 | 허윤정 옮김

더클래식

| 차례 |

우울한 수요일

　매달 첫 번째 수요일은 그야말로 끔찍한 날이었다. 그 날이 올 때까진 마음을 졸이다가도 막상 그 날이 닥쳐 이를 악물고 견디다 보면 언제 그랬냐는 듯 잊어버리게 되는 그런 날이었다.

　바닥이란 바닥은 얼룩 한 점 없이 닦아야 했고, 의자는 모두 티끌 하나 눈에 띄지 않게 청소해야 했으며, 침대는 하나같이 주름한 점 없이 말끔히 정돈해야 했다. 또 어디 그뿐인가, 잠시도 가만히 있지 않고 꼼지락거리는 아흔일곱 명의 어린 고아들을 깨끗이 씻겨서 머리를 빗긴 다음 새로 빳빳하게 풀을 먹인 무명옷을 입혀야 했다. 그런 다음 아흔일곱 명 모두에게 다시 한 번 더 예의바르게 행동하라고 당부하고, 후원 재단의 평의원이 말을 건넬 땐 "네, 그렇습니다" 또는 "아닙니다"라고 대답해야 한다고 일러주었다.

무척 고된 시간이었다. 게다가 가엾은 제루샤 애벗은 고아원생들 중에서도 나이가 가장 많았기 때문에 힘든 일을 도맡아 해야만 했다. 하지만 늘 그래왔듯 이번 달 문제의 첫 번째 수요일도 마침내 그럭저럭 끝나가고 있었다. 제루샤는 고아원 손님들에게 대접할 샌드위치를 다 만들고 난 뒤 서둘러 식료품 저장실을 나왔다. 그러고는 자신이 맡고 있는 또 다른 일을 하기 위해 이층으로 발걸음을 옮겼다. 제루샤는 F 방 담당이었는데, 방 안에 한 줄로 늘어선 자그마한 침대를 네 살부터 일곱 살까지의 꼬마 열한 명이 하나씩 차지하고 있었다. 제루샤는 아이들을 불러 모아 구겨진 옷을 펴주고 코를 닦아주었다. 그러고 나서 아이들을 저녁식사 자리로 보내려고 한 줄로 세웠다. 아이들은 그곳에서 빵과 우유 그리고 말린 자두 푸딩을 먹으며 행복한 반 시간을 보낼 거라는 기대에 들떠서, 시키지 않아도 기꺼이 착착 줄을 섰다.

아이들이 멀어져 가는 뒷모습을 보고 나서야 제루샤는 녹초가 된 몸으로 창가 자리에 털썩 주저앉아 파르르 떨리는 관자놀이를 차가운 유리창에 지그시 갖다 댔다. 사람들이 시키는 일을 하느라 새벽 5시부터 온종일 서 있었던 데다가 신경질적인 원장님이 야단을 치고 재촉하는 통에 몹시 지쳐 있었던 것이다. 리펫 원장님은 후원 재단의 평의원이나 여성 시찰단들이 보는 앞에서는 온화하면서도 점잖은 태도를 보였지만 평소에는 꼭 그렇지만은 않았다. 제루샤는 창밖으로 넓게 펼쳐진 얼어붙은 잔디밭을 바라보았다. 그러다 고아원의 경계를 표시하고 있는 높은 철책 너머에 시선이 닿았고, 굽이치는 산등성이를 따라 점점이 뿌려 놓은 듯한 시골 저택들을 지나 잎이 다 떨어져 가지가 앙상한 나무들 한가운데에 솟아난 마을의 뾰족한 첨탑에 눈길이 머물렀다.

그날 하루도 저물어 가고 있었다. 그것도 제루샤가 생각하기에 꽤 성공적으로 말이다. 평의원들과 시찰 위원들은 고아원을 한 바퀴 돌고 난 뒤 보고서를 검토하고 차를 마셨다. 그들은 이제 가족들이 기다리고 있는 각자의 집으로 돌아가려고 서두르고 있었다. 앞으로 한 달 간은 성가신 고아원 일은 잊고 지낼 것이다. 제루샤는 몸을 앞으로 내민 채, 호기심과 동경이 가득 담긴 눈길로 고아원 정문을 미끄러져 나가는 마차와 자동차의 행렬을 바라보았다. 제루샤는 상상 속에서 맨 앞의 마차부터 하나하나 차례대로 따라가며, 언덕을 따라 작은 점처럼 늘어선 저택들로 향했다. 그리고 모피 외투 차림에 깃털로 가장자리를 장식한 벨벳 모자를 쓰고 의자에 기대어 앉아, 마부에게 무심한 듯 "집으로."라고 나직이 말하는 자신의 모습을 떠올려보았다. 하지만 문 앞에 이르러 문턱을 넘으려고만 하면, 그 상상 속의 광경은 서서히 흐려져 버렸다.

제루샤는 상상력이 풍부했다. 조심하지 않으면 그 상상력 때문에 난처한 일이 생길 것이라고 리펫 원장이 주의를 줄 정도였다. 하지만 그 뛰어난 상상력으로도 그토록 들어가고 싶은 현관 너머로는 한 발짝도 들어갈 수 없었다. 의욕과 모험심이 가득한 소녀였지만, 가엾게도 열일곱 살이 되도록 평범한 가정집에는 한 번도 들어가 본 적이 없었던 것이다. 제루샤는 고아들에게 시달리지 않고 살아가는 다른 보통 사람들의 일상을 도무지 머릿속으로 그려낼 수가 없었다.

> 제- 루- 샤 애- 벗,
> 원장-실에서
> 널 찾-고 있어.
> 얼른 가보는 게
> 좋을 거야!

성가단원인 토미 딜런이 노래를 흥얼거리며 계단을 올라 복도를 지나고 있었다. 토미가 F 방에 가까이 다가올수록 토미의 노랫소리도 점점 커졌다. 제루샤는 창가 자리에서 내려와 다시 고달픈 현실로 돌아왔다.

"누가 날 찾니?"

제루샤의 근심 어린 목소리에 토미는 노래를 멈추었다.

> 원장실에서 리펫 원장님이.
> 아무래도 화가 나신 것 같아.
> 아-멘!

토미가 찬송가 흉내를 내며 나직하게 읊조렸지만, 일부러 약올리려고 그러는 것 같진 않았다. 원생들 중에서도 제일 인정미 없는 아이이긴 해도, 원장실로 불려가 화난 원장을 만나게 될 위기에 처한 누나를 보고는 동정심이 피어올랐다. 제루샤가 이따금 자기의 팔을 홱 잡아 당겨 코를 박박 문지르긴 했지만 토미는 제루샤를 좋아했다.

제루샤는 잠자코 있었지만 이마에는 주름 두 줄이 나란히 잡혀서 자기가 뭘 잘못했는지 곰곰이 생각하는 중이었다. 샌드위치가 너무 두꺼웠나? 땅콩 케이크에 껍데기가 들어갔나? 여성 시찰단이 수지 호손의 스타킹에 난 구멍을 봤던 걸까? 이런! 내가 맡고 있는 F 방의 천진스러운 어린아이들 중 하나가 평의원님께 무례한 말이라도 한 걸까?

기다란 1층 복도엔 불이 꺼져 있었다. 제루샤가 아래층으로 내려왔을 때, 마지막으로 남아 있던 평의원이 열린 현관문 앞에서 차를 기다리며 서 있었다. 지나가며 언뜻 보았을 뿐이었지만 키가 몹시 크다는 인상이 강하게 남았다. 그 사람은 대기하고 있던 자동차를 향해 손짓을 했다. 자동차가 정면에서 다가오자, 눈부신 자동차 불빛을 받으며 그 사람의 그림자가 벽 위로 뚜렷이 드리워졌다. 그러더니 다리와 팔이 점점 길쭉하게 늘어나 복도 바닥에서부터 벽에 걸쳐 희한한 모양으로 뻗어나갔다. 그건 마치 아주 커다란 장님거미가 비틀거리며 서 있는 모습처럼 보였다. (장님거미: 원문에는 Daddy-Long-Legs라고 쓰여 있는데 '장님거미'와 '키다리 아저씨' 라는 뜻이 있다- 옮긴이)

근심으로 잔뜩 찡그리고 있던 제루샤의 얼굴에 어느새 웃음이 번져나갔다. 제루샤는 명랑한 성격을 타고난 탓에 별것 아닌 일에도 곧잘 즐거워하곤 했다. 평의원들을 생각하면 대개 숨이 막힐 듯 답답하기 마련인데, 만일 그런 평의원들에게서 조금이라도 재미있는 점을 발견할 수 있다면 그것은 정말 예상치 못한 수확이다. 그 작은 사건으로 기분이 한결 좋아진 제루샤는 원장실로 가서 리펫 원장에게 미소를 보였다. 놀랍게도 원장 역시 꼭 미소라고 말할 수는 없지만 적어도 상당히 상냥한 얼굴로 맞이해주었다. 시찰단에게 보여주던 것만큼이나 즐거운 표정을 하고 있었다.

"앉거라, 제루샤. 너에게 해줄 말이 있다."

제루샤는 옆에 있는 의자에 앉아 가만히 숨을 죽인 채 다음 말을 기다렸다. 자동차의 불빛이 창문을 비추며 지나가자 리펫 원장은 그 뒷모습을 흘긋 보았다.

"방금 떠난 신사분을 보았니?"

"뒷모습만 봤어요."

"평의원님들 중에서도 가장 손꼽히는 부자인데다가, 우리 고아원에 엄청나게 많은 후원금을 내고 계시는 분이야. 그분의 이름을 말해 줄 수는 없다. 자신이 누군지 밝히지 않아야 한다는 조건을 분명히 내걸었으니까."

제루샤는 눈을 조금 더 크게 떴다. 원장실에 불려와 원장과 함께 평의원의 엉뚱한 면에 대해 이야기를 나눈 적은 이제껏 한 번도 없었다.

"그분은 우리 고아원의 남자아이들에게 관심을 가져주셨다. 찰스 벤턴과 해리 프리즈 기억나지? 그 애들 둘 다 미스터 음……(이 부분에서 리펫 원장님은 실수로 평의원의 이름을 말할 뻔 했다- 옮긴이) 그러니까 바로 이 평의원님이 대학에 보내주신 거야. 둘 다 열심히 공부하고 성공하는 걸로 그 많은 후원금에 보답을 했어. 다른 보답은 아무것도 바라지 않으셨거든. 이제껏 그분은 오로지 남자애들에게만 후원을 하셨어. 여자 원생 중에도 도움 받을 자격이 충분한 아이들이 있다고 아무리 설득해도 그분은 듣지 않으셨지. 아무래도 그분은 여자애들에겐 관심이 없는 것 같다."

"그러셨군요, 원장 선생님."

제루샤는 이쯤에서 뭐라도 응답을 해야 할 것 같다는 생각이 들어 나직한 목소리로 대답했다.

"오늘 정기 회의에서 네 장래에 대한 이야기가 나왔다."

리펫 원장은 갑자기 긴장했을 제루샤를 위해 잠시 말을 멈추었다가, 서서히 그리고 아주 침착하게 말을 이어나갔다.

"너도 알다시피 대개 열여섯 살이 되면 여길 나가야 하지만 네 경우에는 예외였다. 넌 우리 학교를 열네 살에 졸업했고 공부도 제법 잘했기 때문에 마을에 있는 고등학교에 계속 다니게 한 거야. 네 품행이 항상 바르다고 할 순 없지만 말이야. 이제 고등학교도 졸업할 테고, 당연히 고아원에서도 더 이상 네 뒷바라지를 할 책임이 없어. 사실, 넌 다른 아이들보다 2년이나 더 머무른 셈이니까."

리펫 원장은 제루샤가 지난 2년 동안 이곳에 남아 있는 대가로 열심히 일했다는 것과 학업보다 고아원 일을 우선순위로 둔 나머지 오늘 같은 날에는 아예 학교에 가지도 못하고 고아원에 남아 청소를 해야만 했다는 사실 따위는 안중에도 없었다.

"아까도 말했듯이, 네 장래 문제 때문에 네 성적을 검토했다. 하나도 빠짐없이 철저하게 말이야."

리펫 원장이 피고석에 앉은 죄인을 심문하듯 바라보자, 제루샤는 죄지은 사람 같은 표정을 지었다. 성적에 무슨 눈에 띄는 오점이라도 떠올라서가 아니라 왠지 그래야만 할 것 같아서였다.

"물론 너 같은 처지에 있는 아이에겐 일자리를 마련해주는 게 마땅하겠지만, 너는 특정 과목들의 성적이 꽤 좋았는데다 특히 영어 성적은 매우 우수했더구나. 우리 고아원의 시찰 위원인 프리처드 양이 교육위원회에도 몸담고 있는데 네 작문 선생님과 이야기를 나눈 적이 있다며 너에 대해 좋게 말씀해 주셨지. 그 뿐만 아니라 네가 쓴 〈우울한 수요일〉이라는 수필을 크게 읽어주셨다."

제루샤는 또 다시 죄지은 사람의 얼굴을 했지만, 이번에는 일부러 꾸민 것이 아니었다.

"내가 봤을 때 넌 이제껏 너에게 많은 은혜를 베푼 고아원에 대해 감사한 마음을 갖기는커녕 웃음거리로 만든 것 같더구나. 내용이 재미있었기에 천만다행이었지 그렇지 않았다면 넌 용서 받지 못했을 거다. 하지만 네가 운이 좋았는지 미스터…… (이 부분에서 리펫 원장님은 또 실수로 평의원의 이름을 말할 뻔 했다- 옮긴이),

그러니까, 방금 떠난 신사분은 엄청난 유머감각을 지니신 모양이더구나. 그런 건방지기 짝이 없는 글을 보고서도 너를 대학에 보내주겠다고 제안하시다니 말이야."

"대학에요?"

제루샤의 눈이 휘둥그레졌다.

리펫 원장은 고개를 끄덕였다.

"그분은 나와 몇 가지 조건에 대해 상의하느라 조금 더 남아있었어. 특이한 조건이었지. 그 신사 분은 아무래도 별난 구석이 있으신 것 같다. 네게 독창성이 있다고 굳게 믿으시는지 너를 교육시켜서 작가로 키울 계획을 하고 계시더구나."

"작가라고요?"

제루샤는 순간 멍해져서 리펫 원장이 한 말을 그대로 따라하고만 있었다.

"그게 그분이 원하시는 조건이야. 앞으로 어떻게 될지는 두고 봐야겠지. 그분은 너에게 많은 돈을 주실 거란다. 돈을 만져본 경험이 한 번도 없는 너에겐 지나칠 정도로 많은 돈을 주시겠다고 하셨어. 하지만 어찌나 상세하게 계획을 짜놓으셨는지, 내 생각을 내비치기가 어렵더구나. 이번 여름까지는 이곳에서 지내도록 해라. 그러면 프리처드 양이 친절하게도 네 진학 준비를 맡아주실 게다. 기숙사비와 등록금은 대학으로 바로 지불될 거고, 그 외에도 그곳에서 지내는 4년 동안 매달 35달러씩 용돈을 받게 될 거야. 그 정도면 다른 학생들과 비슷한 수준은 유지할 수 있을 테지. 용돈은 그분의 개인 비서를 통해 한 달에 한 번씩 받게 될 거고. 그 대신 너는 그에 대한 보답으로 한 달에 한 번 편지를 써야한다. 돈을 보내주어 감사하다는 말을 써서는 안 된다. 그런 말을 듣고 싶어 하시진 않을 테니까. 공부는 잘 되는지, 매일 어떻게 생활하고 있는지에 대해 세세하게 쓰면 돼. 네 부모님이 살아 계셨다면 그분들에게 보냈을 그런 편지 말이야.

  편지 겉봉에 '존 스미스 씨 앞'이라고 쓰면 비서를 통해 전해 받으실 거야. 그분의 성함이 존 스미스 씨인 건 아니야. 하지만 그분은 이름을 밝히지 않은 채로 지내고 싶어 하셔. 그러니 넌 그냥 그분을 존 스미스 씨라고 생각하면 돼. 그분이 편지를 보내라고 한 이유는 문장력을 기르는 데 편지만한 게 없다고 생각하시기 때문이야. 너에겐 편지를 주고받을 가족이 없으니 이런 식으로라도 쓰기를 바라시는 거야. 물론 네가 성장해나가는 것도 지켜보고 싶어 하시고. 그분은 절대 네 편지에 답장을 하거나 편지를 받았다는 표시를 하지는 않으실 거야. 편지를 쓰는 것도 질색이거니와 네가 편지 쓰는 것에 대해 부담을 느끼는 것도 원치 않으시니까. 그럴 일은 없을 거라 믿지만, 만약 퇴학을 당하게 되든가 하는 일이 생겨서 그분의 편지를 꼭 받아야 할 경우엔 비서인 그릭스 씨에게 편지를 쓰도록 해라. 매달 편지를 쓰는 건 네가 무조건 해야 하는 일이야. 스미스 씨가 요구한 보답은 그 뿐이야. 그러니 너는 빚을 갚는다고 생각하고 꼬박꼬박 편지를 보내 드리도록 해라. 편지를 쓸 때 말투는 공손하게 하고 네가 교육을 잘 받고 있는 모습을 보여 드리도록 해. 네가 편지를 쓰는 사람이 존 그리어 고아원의 평의원님이라는 사실을 항상 명심하길 바란다."

제루샤는 간절한 눈빛으로 문을 바라보았다. 흥분이 되어 머릿속이 빙빙 돌았다. 리펫 원장의 지루한 생각에서 얼른 벗어나고만 싶어진 제루샤는 자리에서 일어나 슬쩍 뒤로 한 걸음을 내딛었다. 리펫 원장은 그대로 멈춰 서라는 손짓을 했다. 모처럼 연설하기 좋은 기회를 놓칠 수는 없었다.

"이렇게 드문 행운을 갖게 된 것에 고맙게 생각하고 있겠지? 너같은 처지에 있는 여자애들에게 이렇게 출세할 기회가 생기기는 좀처럼 쉽지 않은 일이야. 항상 명심해야 할 건……."

"네, 원장 선생님, 고맙습니다. 말씀 끝나셨으면 전 이만 돌아가서 프레디 퍼킨스의 바지를 마저 기워야겠어요."

리펫 원장은 문을 닫고 나가는 제루샤의 뒷모습을 입이 떡 벌어진 채로 바라보고 있었다. 아직 채 끝내지 못한 말들이 허공을 맴돌았다.

제루샤 애벗 양이
키다리 아저씨 스미스 씨에게 보내는 편지

9월 24일, 퍼거슨 기숙사 214호에서

고아를 대학에 보내주신 친절한 평의원님께

드디어 대학에 도착했습니다! 저는 어제 네 시간 동안 기차를 타고 이곳에 왔습니다. 무척 신나는 경험이었습니다. 전에는 기차를 한 번도 타 본 적이 없었거든요.

대학은 정신을 차릴 수 없을 만큼 엄청나게 넓은 곳입니다. 저는 방을 나설 때마다 길을 잃곤 한답니다. 나중에 적응이 좀 되고 나면 자세하게 쓰겠습니다. 제 학업에 대해서도요. 수업은 월요일 아침이 되어야 시작하는데 지금은 토요일 밤이거든요. 하지만 아저씨와 친해지고 싶어서 우선 이렇게 편지를 씁니다.

누군지 모르는 분께 편지를 쓰려니 좀 이상한 기분이 듭니다. 하긴, 제가 편지를 쓰는 것 자체가 어색한 일입니다. 편지라곤 태어나서 서너 번 밖에 써본 적이 없으니까요. 그러니 제가 드리는 편지가 모범 답안이 아니더라도 너그럽게 봐주셨으면 합니다.

어제 아침 고아원을 떠나기 전에 리펫 원장님과 저는 매우 진지한 대화를 나누었습니다. 원장님은 제가 앞으로 살아가면서 어떻게 처신해야 할지, 특히 제게 이렇게 많은 은혜를 베풀어 주시는 친절한 신사 분을 어떻게 대해야 하는지에 대해 말씀해주셨습니다. 대단히 존경하는 마음으로 대해야 한다고 하셨습니다.

하지만 자신을 존 스미스라고 불러달라고 하는 분을 어떻게 대단히 존경할 수가 있는지요? 아저씨는 어째서 조금이라도 개성 있는 이름을 고르지 않으셨는지요? 꼭 제가 '친애하는 말뚝 씨'나 '친애하는 옷걸이 씨'에게 편지를 쓰고 있는 것만 같습니다.

저는 올여름 동안 아저씨에 대해 많이 생각해 보았습니다. 이제껏 혼자 외롭게 살아온 저에게 관심을 가져주시는 누군가가 있다고 생각하니 마치 잃어버렸던 가족을 찾은 것만 같은 기분이 듭니다. 이젠 저도 어느 가족의 구성원이 된 것만 같아 마음이 아주 편안해집니다. 하지만 아저씨를 떠올릴 때는 저의 상상력이 제대로 발휘되지 않고 있다는 사실을 말씀드려야겠습니다. 아저씨에 대해 제가 알고 있는 건 세 가지 뿐입니다.

　1. 아저씨는 키가 큰 분입니다.

2. 아저씨는 부유한 분입니다.

3. 아저씨는 여자애들을 싫어하는 분입니다.

어쩌면 아저씨를 '여자애를 싫어하는 분'이라고 불러야 할지도 모르겠습니다. 하지만 그건 제 자신을 모욕하는 것이 됩니다. 아니면 '부자 아저씨'라고 불러도 되겠지만 그건 아저씨를 모욕하는 일이 됩니다. 마치 아저씨에 관한 중요한 점이 오로지 돈 뿐인 것처럼 들릴 테니까요. 게다가 부유하다는 것은 본질적인 특성이 아닙니다. 아저씨가 평생 부자로 살진 못 할 수도 있고요. 아주 똑똑한 남자들이 월 스트리트에서 파산하는 경우도 많으니까요. 하지만 아저씨는 앞으로도 계속 키가 클 거란 것만은 분명한 사실입니다! 그래서 저는 아저씨를 '키다리 아저씨'라고 부르기로 맘먹었습니다. 아저씨가 싫어하지 않으시면 좋겠습니다. 이건 아저씨와 저만 아는 애칭이니까 리펫 원장님께는 비밀로 해요.

2분 후에 열 시를 알리는 종이 울릴 예정입니다. 이곳의 일과는 종소리로 나뉜답니다. 우리는 종소리를 따라 먹고 자고 공부합니다. 어찌나 활기찬지 여기 있는 내내 소방차를 끄는 말이 된 기분이 듭니다. 이제 종이 울립니다! 불을 꺼야겠습니다. 안녕히 주무세요.

제가 얼마나 규칙을 잘 지키는지 봐주세요. 존 그리어 고아원에서 훈련받은 덕분이랍니다.

키다리 아저씨 스미스 씨께,
존경하는 마음을 담아
제루샤 애벗 올림

⤳

10월 1일
키다리 아저씨께

　저는 대학생활이 정말 좋아요. 그리고 저를 이곳에 보내주신 아저씨를 사랑합니다. 정말 행복하고 이곳에서 지내는 매 순간순간이 너무나 흥분이 된 나머지 잠을 못 이룰 정도랍니다. 아저씨는 이곳이 존 그리어 고아원과 얼마나 다를지 상상도 못 하실 거예요. 예전엔 이 세상에 이런 곳이 있으리라고는 꿈에도 생각지 못했습니다. 여자가 아니라는 이유로 이곳에 올 수 없는 사람들이 가엾어집니다. 아저씨가 학생이었을 때 다니셨던 대학교도 이 정도로 멋지진 않았을 거예요.

　제 방은 높은 건물의 위쪽에 있는데, 새 병동을 짓기 전까지 이 건물은 전염병 환자들이 있던 병동이라고 합니다. 같은 층엔 저 말고도 여학생 세 명이 더 있습니다. 한 명은 안경을 쓴 4학년 선배인데 늘 우리에게 좀 조용히 해 달라고 말합니다. 다른 두 명은 신입생인 샐리 맥브라이드와 줄리아 러틀리지 펜들턴입니다. 샐리는 빨강 머리에 들창코인데 아주 붙임성이 있습니다. 줄리아는 뉴욕의 명문가 출신이라서 그런지 저랑은 아직 아는 체도 하지 않습니다. 샐리와 줄리아가 한 방을 쓰고 4학년 선배와 저는 1인실을 씁니다. 보통 신입생은 1인실을 얻을 수 없습니다. 1인실은 몇 개 없기 때문입니다. 하지만 저는 부탁하지도 않았는데 1인실을 차지하게 됐습니다. 제 생각에 교무처에서 정상적인 집안에서 자란 여학생에게 고아와 함께 방을 쓰라고 하는 건 옳지 못한 처사라고 판단한 모양입니다. 고아인 것이 좋을 때도 있네요!

　제 방은 북서쪽 모퉁이에 있는데 창문이 두 개나 있어서 전망이 꽤 좋습니다. 18년 동안 스무 명이나 되는 아이들과 함께 방을 쓰며 살아서 그런지 혼자 지내보니 무척 평온합니다. 처음으로 제루샤 애벗과 사귈 기회가 생겼습니다. 전 그 아이를 좋아하게 될 것 같습니다.

　아저씨도 그럴 것 같으세요?

　화요일

　신입생 농구팀을 만들고 있는데 어쩌면 저도 들어가게 될 것 같습니다. 물론 전 몸집이 작긴 하지만 굉장히 빠르고 야무진데다가 끈질긴 구석이 있거든요. 다른 친구들이 공중으로 뛰어오르는 동안, 저는 그 애들 발밑에서 요리조리 피해다니며 공을 잡을 수 있습니다.

나무들이 온통 울긋불긋 물들고 낙엽을 태우는 냄새가 공중을 가득 채우는 오후에 운동장에 나가 다 같이 웃고 소리 지르며 연습을 하는 건 굉장히 즐거운 일입니다. 이렇게 행복한 여자애들은 처음 보았습니다. 그리고 저는 그 중에서도 가장 행복한 여자애입니다.

긴 편지를 쓰며 제가 배우고 있는 것들을 모두 말씀드릴 생각이었는데(리펫 원장님이 아저씨가 알고 싶어 하신다고 말씀하셨거든요), 방금 일곱 시를 알리는 종이 울려버렸습니다. 10분 안에 체육복으로 갈아입고 운동장으로 나가야 한답니다.

아저씨도 제가 농구팀에 들어갈 것 같으세요?

언제나 아저씨의
제루샤 애벗 올림

추신. (지금은 밤 아홉 시예요.)

방금 샐리 맥브라이드가 제 방문에 머리를 불쑥 들이밀었습니다. 그리고 이렇게 말하지 뭐예요.

"집이 너무 그리워서 도저히 못 견디겠어. 너도 그러니?"

저는 싱긋 웃으며 아니라고 말했습니다. 나는 잘 견뎌낼 수 있을 것 같다고 말입니다. 적어도 향수병만큼은 걸릴 일이 없을 겁니다! 고아원을 그리워하는 사람 이야기는 들어본 적이 없으니까요. 아저씨는 들어보셨나요?

꽁

10월 10일
키다리 아저씨께

아저씨는 미켈란젤로에 대해 들어 보신 적이 있으세요?

그 사람은 중세에 이탈리아에서 살았던 유명한 화가라고 합니다. 영문학 수업을 듣는 학생들 모두가 그 사람에 대해 알고 있는 것 같더라고요. 그래서 제가 미켈란젤로가 대천사가 아니냐고 말했을 때 강의실 전체가 웃음바다가 되어버렸습니다. 미켈란젤로나 대천사나 비슷하게 들리지 않나요? (미켈란젤로(Michaelangelo)의 영어식 발음은 '마이클앤젤로'로서 성경에 나오는 대천사 '미카엘(Michae)'의 이름에 천사를 뜻하는 Angelo를 붙인 것과 발음이 비슷하다- 옮긴이) 대학 생활을 하면서 힘든 점은 이처럼 한 번도 배운 적이 없는 수많은 것들을 저도 당연히 알고 있으리라고 생각한다는 것입니다. 가끔씩 엄청 당황스러울 때가 있습니다. 하지만 이젠 다른 여학생들이 제가 들어본 적이 없는 것에 대해 말을 할 때면, 저는 가만히 듣고 있다가 나중에 백과사전에서 찾아본답니다.

첫날에는 정말 끔찍한 실수를 해버렸습니다. 누군가 모리스 마 테를링크(벨기에의 문호- 옮긴이)에 대해 언급을 하기에 저는 그 사람이 신입생이냐고 물었어요. 그 소문은 온 대학에 퍼져 나갔습 니다. 하지만 어쨌거나 저는 수업시간에는 다른 학생들 못지않게 똑똑합니다. 그리고 몇몇 학생들보단 훨씬 더 똑똑합니다!

제 방을 어떻게 꾸몄는지 알고 싶으세요? 갈색과 노란색이 조 화를 이루고 있답니다. 벽이 옅은 담황색이어서 저는 노란색 무명 커튼과 쿠션 그리고 마호가니 책상(3달러에 중고를 구입)과 등나무 의자, 또, 가운데에 잉크 얼룩이 있는 갈색 양탄자를 샀습니다.

창문이 높아서 의자에 앉아서는 창밖을 내다볼 수가 없습니다. 그래서 서랍장에 붙은 거울을 떼어내고 천으로 덮어씌운 다음 창 가로 옮겼습니다. 창가에 걸터앉아 있기에 딱 알맞은 높이입니 다. 서랍을 빼내어 계단처럼 디디고 올라갈 수도 있답니다. 정말 편해요!

샐리 맥브라이드가 졸업반 경매에서 물건들을 고르는 걸 도와 주었습니다. 샐리는 줄곧 자기 집에서 자랐기 때문인지 집안을 꾸미는 방법을 잘 알고 있었습니다. 아저씨는 진짜 5달러 지폐로 물건을 사고 거스름돈을 받는 것이 얼마나 재미있는 일인지 상상 도 못하실 거예요. 저는 평생 돈이라곤 몇 센트밖에 가져보지 못 했거든요. 아저씨, 제게 용돈을 주셔서 정말 감사합니다.

샐리는 세상에서 가장 재미있는 아이입니다. 줄리아 러틀리지 펜들턴은 가장 재미없는 아이고요. 교무처에서 어째서 그 둘이 함께 방을 쓰도록 했는지 도무지 이유를 알 수 없습니다. 샐리는 모든 걸 재미있어 하고(심지어는 낙제를 하는 것 조차도요) 줄리아 는 모든 걸 따분해 합니다. 줄리아는 사람들과 굳이 친해지려는 노력 따윈 하지 않습니다. 펜들턴 가문이라는 사실 하나만으로도 아무런 노력 없이 천국에 갈 수 있는 자격을 갖추었다고 생각하 나 봅니다. 줄리아와 저는 처음부터 숙적이 될 운명을 갖고 태어 난 게 틀림없습니다.

지금쯤 아저씨는 제가 뭘 배우고 있는지 몹시 듣고 싶으시겠지 요?

1. 라틴어 : 제2차 포에니 전쟁. 지난밤에 한니발 장군과 그의 부대가 트라시메누스 호수에 주둔했습니다. 매복을 한 채 로 마군을 덮칠 준비를 했고 오늘 새벽 4시에 전투가 벌어졌습 니다. 로마군은 지금 퇴각 중입니다.

2. 프랑스어 :《삼총사》24 페이지와 3군 동사의 활용 불규칙 변 화를 배우고 있습니다.

3. 기하학 : 원기둥을 마치고 이제 원뿔을 공부하는 중입니다.

4. 영어 : 설명문을 공부하고 있습니다. 제 문체는 나날이 명확 하고 간결해지고 있습니다.

5. 생리학 : 소화계에 접어들었습니다. 다음 시간에는 담즙과 췌장에 대해 배울 거예요.

배움의 길을 걷고 있는

아저씨의 제루샤 애벗 올림

추신. 아저씨는 술을 입에 대지도 않으셨으면 좋겠어요. 간에 몹시 해롭대요.

꙳

수요일

키다리 아저씨께

제 이름을 바꿨어요.

학생명부에는 여전히 '제루샤'로 되어 있지만, 다른 곳에서는 '주디'라고 불린답니다. 생전 처음으로 갖게 된 애칭을 자기 스스로 지어야 하다니 정말 안됐지요? 사실 '주디'라는 애칭을 제가 지은 건 아닙니다. 프레디 퍼킨스가 말을 제대로 할 줄 모를 적에 저를 그렇게 불렀습니다.

저는 리펫 원장님이 아기 이름을 고를 때 좀 더 독창성을 발휘하셨으면 좋겠습니다. 원장님은 전화번호부에서 성을 고르십니다. '애벗'이라는 성은 첫 페이지에 나온답니다. 그리고 이름은 아무데서나 찾으십니다. '제루샤'는 묘비에서 가져온 이름입니다.

전 항상 그 이름이 싫었습니다. 하지만 '주디'라는 이름은 꽤 마음에 든답니다. 사실 저에겐 어울리지 않는 이름입니다. 그런 이름은 저 같은 아이 말고 가족의 귀여움을 독차지하며 응석받이로 자란 푸른 눈의 귀엽고 앙증맞은 아이에게나 어울릴 법한 이름이니까요. 평생 근심걱정 없이 명랑하게만 자라온 그런 아이 말입니다. 저도 그렇게 될 수만 있다면 얼마나 좋을까요? 저 같은 경우엔 어떤 잘못을 저지르더라도 가족들이 너무 오냐오냐하며 키운 바람에 버릇이 나빠져서 그렇다는 말은 결코 들을 일이 없을 테지요! 하지만 그렇게 자라온 척 하는 것도 엄청나게 재미있습니다. 언젠가 저에게 편지를 보내시려거든 받는 사람 이름에다 '주디 앞'이라고 써주시기 바랍니다.

비밀 한 가지 알려드릴까요? 제겐 가죽 장갑 세 켤레가 있습니다. 예전에 크리스마스트리에 걸려 있던 벙어리장갑 한 켤레를 가지고 온 적은 있지만 이렇게 다섯 손가락이 달린 장갑은 이제껏 처음입니다. 저는 틈만 나면 손가락장갑을 꺼내어 껴보곤 한답니다. 수업시간에 장갑을 끼고 가지 않는 게 신기할 정도입니다.

(저녁 식사 종이 울리네요. 그럼 이만 줄이겠습니다.)

금요일

아저씨는 어떻게 생각하세요? 영어 교수님이 지난번에 제출한 저의 작문에서 보기 드문 독창성이 보인다고 말씀하셨습니다. 진짜로 그렇게 말씀하셨습니다. 이건 그분의 말씀을 그대로 옮긴 것입니다. 제가 18년 동안 고아원에서 배웠던 것들을 생각했을 때 이건 정말 일어날 수 없는 일 아닌가요? 존 그리어 고아원의 목표는 (아저씨도 틀림없이 알고 계시고 마음속으로 수긍하실 것처럼) 아흔일곱 명의 고아들 모두를 아흔일곱 쌍둥이로 만드는 것이니까요.

제가 보인 특출한 예술적 자질은 어릴 적 헛간 문짝에다 분필로 리펫 원장님의 얼굴을 그리면서 발휘되었습니다.

제가 어린 시절을 보낸 고아원을 비난하더라도 아저씨가 언짢아하지 않으셨으면 좋겠습니다. 하지만 아저씨는 칼자루를 쥐고 계시니 혹시라도 제가 너무 버릇없다는 생각이 드시면, 언제라도 돈을 그만 보내셔도 됩니다. 이런 말씀을 드리는 건 무례한 행동이라는 걸 저도 알고 있지만, 저에게 예의범절을 기대하시진 마세요. 고아원이 교양 있는 숙녀들을 길러내는 곳은 아니니까요.

아저씨도 아시겠지만 대학교에서 어려운 건 공부가 아닙니다. 진짜 어려운 건 노는 것입니다. 다른 여자애들이 무슨 이야기를 하는 건지 저는 반도 알아듣지 못하겠습니다. 아무래도 저를 제외한 나머지 아이들은 과거에 다들 경험했던 일과 관련된 우스갯소리를 하는 것 같습니다. 저는 이 세계에서 이방인이 된 것만 같고 그 아이들의 언어를 이해하지 못해요. 그럴 땐 정말 비참한 기분이 듭니다. 지금까지 늘 그래 왔습니다. 고등학교를 다닐 때도 여자아이들이 삼삼오오 모여 서서는 저를 쳐다보곤 했습니다. 제가 남과 다른 이상한 아이라는 걸 다들 알고 있었거든요. 제 얼굴에 '존 그리어 고아원'이라고 쓰고 다니는 것 같은 기분이 들었습니다. 그러고 나면 으레 몇몇 선심 쓰는 아이들이 다가와서는 품위 있는 태도로 말을 걸곤 했지요. 저는 그 애들이 모두 다 미웠지만, 그 중에서도 특히 선심 쓰는 척 하는 애들이 제일 미웠습니다.

어떤 고아

뒷모습　　　앞모습

여기서는 아무도 제가 고아원에서 자랐다는 걸 모릅니다. 샐리 맥브라이드에게는 엄마와 아빠 모두 돌아가시고 친절한 노신사분이 저를 대학에 보내주셨다고 했습니다. 이건 모두 사실이잖아요. 저를 비겁하다고 생각하지 않으셨으면 좋겠습니다. 저도 다른 평범한 아이들처럼 되고 싶습니다. 하지만 제가 다른 아이들과 같아질 수 없는 한 가지 큰 차이점이 있다면 그건 바로 제 어린 시절 위에 드리워진 그 끔찍한 고아원의 기억입니다. 그 사실을 외면해서 그 기억을 지워버릴 수만 있다면, 아마 저도 여느 아이들처럼 괜찮은 사람이 될 수 있을지도 모릅니다. 다른 아이들과 근본적인 차이가 있다고는 생각하지 않으니까요. 아저씨는 어떻게 생각하세요?

아무튼 샐리 맥브라이드는 저를 좋아해요!

아저씨의 영원한

주디 애벗 올림

(예전의 제루샤)

토요일 아침

방금 이 편지를 다시 읽어보았는데 썩 기분 좋은 내용은 아니네요. 하지만 저는 월요일 아침까지 제출해야 할 과제물이 산더미 같고 기하학 복습도 해야 하는데다 심한 감기로 재채기까지 하고 있답니다. 그러니 이해해 주실 거죠?

일요일

어제 편지를 부친다는 걸 깜빡했습니다. 추신으로 몹시 화가 났던 일을 덧붙입니다. 오늘 아침 주교님의 설교를 들었는데, 글쎄 뭐라고 그랬는지 아세요?

"성경에서 우리에게 해주신 가장 은혜로운 약속은 바로 '가난한 자들이 항상 너희들과 함께 있느니라.'라는 말씀입니다. 가난한 자들을 이 땅에 만드신 이유는 우리로 하여금 자비로운 마음을 갖게 하기 위함입니다."

잘 들어보세요. 가난한 사람들은 일종의 쓸모 있는 가축이라는 겁니다. 제가 이렇게 나무랄 데 없는 숙녀로 자랐기에 망정이지 그러지 않았다면 예배가 끝나는 대로 강단으로 올라가 주교님에게 제 생각을 똑똑히 말해줬을 거예요.

∽

10월 25일
키다리 아저씨께

제가 농구팀에 들어가게 되었어요. 제 왼쪽 어깨에 생긴 멍을 아저씨께도 보여드리고 싶습니다. 파란색과 적갈색이 섞인 멍 주위에 오렌지색 테두리가 있습니다. 줄리아 펜들턴도 농구팀에 들어오고 싶어 했지만 그 애는 들어올 수 없었어요. 만세!

제가 얼마나 못된 애인지 아저씨도 아시겠지요?

대학 생활은 날이 갈수록 점점 더 마음에 듭니다. 친구들도, 교수님들도, 수업도, 캠퍼스도, 먹는 음식도 모두 다 좋아요. 아이스크림이 일주일에 두 번 나오고 옥수수죽 따위는 한 번도 나온 적이 없답니다.

농구를 하고 있는 쥬디

아저씨는 제 편지를 한 달에 한 번만 받는다고 하셨지요? 그런데도 저는 사흘이 멀다 하고 아저씨께 편지를 보냈네요! 하지만이 모든 새로운 경험들로 인해 제가 얼마나 들떠 있는지 누구에게라도 말을 하지 않고서는 도저히 견딜 수 없습니다. 게다가 아저씨는 제가 아는 유일한 사람이잖아요. 그러니 빗발치는 제 편지를 이해해주시기 바랍니다. 조금만 있으면 진정할 테니까요. 만일제 편지가 성가시다면 언제라도 쓰레기통에 던져 버리셔도 됩니다. 11월 중순까지는 편지를 쓰지 않겠다고 약속드리겠습니다.

최고의 수다쟁이

주디 애벗 올림

❧

11월 15일

키다리 아저씨께

제가 오늘 배운 것을 말씀드릴게요.

정각뿔대의 옆면의 넓이는 두 밑변의 길이의 합에 사다리꼴의 높이를 곱한 것의 2분의 1과 같습니다.

진짜로 그럴 것 같지는 않지만 이건 사실입니다. 제가 증명할 수도 있어요!

제 옷에 대해서는 아직 아저씨께 말씀드린 적이 없지요? 드레스가 여섯 벌이나 있는데 모두 다 새것이고 아름다운데다 모두 제가 입으려고 산 것들입니다. 다른 사람이 입다가 작아서 못 입는다고 물려준 옷이 아니에요. 아저씨는 이런 것이 고아의 인생에 있어 얼마나 황홀한 경험일지 아마 모르시겠지요? 아저씨가 저에게 그런 기쁨을 주셨고 저는 정말정말 진심으로 감사하게 생각하고 있습니다. 교육을 받는다는 건 좋은 일입니다. 하지만 새 드레스 여섯 벌을 갖게 되어 현기증이 날 만큼 기쁜 것과는 비교

34

도 안 된답니다.

고아원의 시찰위원인 프리처드 선생님이 옷을 골라주셨습니다. 리펫 원장님이 아니라서 천만다행이지 뭐예요. 비단에다 분홍색 모슬린을 겹친 이브닝드레스(그걸 입으면 정말 예뻐 보여요), 교회에 갈 때 입을 파란색 드레스, 동양식 장식을 씌운 붉은 만찬용 드레스(이 옷을 입으면 제가 집시 같아 보인대요), 장밋빛 샬리 천으로 만든 드레스, 회색 정장, 수업 들으러 갈 때 입을 평상복, 이렇게 모두 여섯 벌입니다. 이 정도 옷을 가지고는 줄리아 러틀리지 펜들턴에게 명함도 못 내밀겠지만, 제루샤 애벗에게는 말이지요, 정말이지 과분할 정도랍니다.

아마 지금쯤 아저씨는 저를 어리석고 속물적인 애라고, 그리고 여자애를 공부시키는 건 돈만 낭비하는 것이라고 생각하고 계시겠지요?

하지만 아저씨, 만약에 아저씨가 평생 동안 체크무늬 무명옷만 입고 살아오셨다면 지금의 제 기분을 이해하실 거예요. 고등학교에 입학하고부터 저는 체크무늬 무명옷보다도 훨씬 더 못한 것을 입고 다녔습니다.

바로 자선 상자에 든 옷 말이에요.

자선 상자에서 꺼낸, 생각만으로도 비참한 그 드레스를 입고 학교에 나타나는 게 얼마나 수치스러운 일인지 아저씨는 모르실 거예요. 한 번은 옷의 원래 주인이었던 아이의 바로 옆자리에 앉게 되었는데 그 아이가 다른 아이들에게 제 옷을 가리키더니 소곤대면서 킥킥대지 뭐예요. 경쟁자가 벗어던진 옷을 입어야만 했던 괴로움이 아직도 제 영혼 깊숙한 곳에 상처로 남아 있어요.

제가 앞으로 평생 동안 실크 스타킹만 신는다 하더라도, 그때 받은 상처는 지워지지 않을 거예요.

최신 전쟁 속보!
전투 현장에서 소식을 전합니다.

11월 13일 목요일 새벽 4시, 한니발 장군은 로마군 전위 부대의 노선을 따라 카르타고 군사들을 이끌고 산을 넘어 카실리눔 평원으로 진입했습니다. 가볍게 무장한 누미디아 군이 퀸투스 파비우스 막시무스의 보병대와 교전 중입니다. 두 차례의 전투와 소규모 접전이 벌어졌습니다. 로마군은 수많은 사상자를 내고 퇴각했습니다.

전투 현장에서
아저씨의 특파원이 된 것을 영광으로 생각하는
J. 애벗 올림

추신. 답장을 바라서는 안 된다는 걸 알고 있지만, 이것저것 질문 하면서 아저씨를 귀찮게 해선 안 된다는 다짐도 받았지만, 그래도 이것 하나만은 말씀해 주세요, 아저씨. 아저씨는 나이가 아주 많으신가요 아니면 조금 많으신가요? 또, 머리가 완전히 벗겨지셨나요, 아니면 조금만 벗겨지셨나요? 아저씨의 모습을 떠올리는 건 기하학의 정리를 이해하는 것만큼이나 어려운 일이랍니다.

키가 크고 부자이면서 여자아이들은 싫어하는 남자이긴 하지만, 당돌한 한 소녀에게만은 몹시 너그러운 아저씨는 어떻게 생기셨을까요?

답장을 기다릴게요.

∽

12월 19일

키다리 아저씨께

결국 제 물음에 답변이 없으시네요. 하지만 이건 아주 중요한 일이란 말이에요.

아저씨는 대머리인가요?

아저씨의 모습을 정확하게 그렸다고 생각하면서 몹시 뿌듯해하고 있었는데, 머리 부분에 와서는 어떻게 해야 할지 막막해져 버렸거든요. 흰 머리인지 검은 머리인지, 아니면 희끗희끗한 머리인지 아님 혹시 머리가 하나도 없는지 어떻게 그려야 할지 도무지 갈피를 잡을 수가 없어요.

이 그림은 제가 생각하는 아저씨의 모습을 그린 거예요.

그러니까 문제는 말이에요, 머리카락을 좀 더 그려 넣어야 될까요?

눈동자 색깔은 무엇인지 궁금하지 않으세요? 눈동자는 회색이고 눈썹은 현관 지붕처럼 툭 튀어나왔어요. (소설에서는 '돌출했다'라고 표현하더라고요.) 그리고 입꼬리는 아래로 처지고 입은 한일자로 다문 모양이에요. 있잖아요, 이제 알겠어요! 아저씨는 무뚝뚝하고 한 성격 하는 노인이시군요.

(예배 종이 울리네요.)

밤 9시 45분

절대 어겨서는 안 될 규칙을 하나 만들었습니다. 아침에 제출해야 할 과제물이 아무리 많더라도 절대로, 절대로 밤에는 공부하지 않기로요. 대신 교과서 이외의 책들을 좀 읽으려고 합니다. 아시잖아요, 저에겐 18년이라는 공백이 있다는 걸요. 그렇기 때문에라도 저는 책을 읽어야 합니다. 제 머릿속이 얼마나 텅 비어 있는지 아무리 말씀 드려도 아저씨는 못 믿으실 거예요. 저도 요즘에서야 그걸 깨닫고 있는 걸요.

반듯한 가정과 가족과 친구들, 그리고 서재가 있는 환경에서 자란 애들이라면 대부분 다 알고 있는 것들을 저는 들어본 적조차 없습니다.

예를 들면 이런 것들이 있어요.

저는 《마더 구스 이야기》나 《데이비드 카퍼필드》《아이반호》《신데렐라》《푸른 수염》《로빈슨 크루소》《제인 에어》《이상한 나라의 앨리스》, 러디어드 키플링의 시 같은 건 읽어본 적도 없습니다. 헨리 8세가 몇 번이나 결혼을 했다든가 셸리가 시인이라는 것도 저는 몰랐습니다. 예전에는 사람들이 원숭이였다는 것도, 에덴동산이라는 아름다운 신화에 대해서도 몰랐어요. 또 R. L. S.는 로버트 루이스 스티븐슨의 약자라는 것과 조지 엘리엇이 여자라는 것도 처음 알았습니다. '모나리자'라는 그림을 본 적도 없고(못 믿으시겠지만 사실이랍니다.) 셜록 홈즈라는 이름도 금시초문입니다.

이젠 저도 이런 것들뿐만 아니라 다른 것들에 대해서도 알게 되었지만, 제가 따라가려면 아직도 한참이나 멀었다는 걸 아저씨도 아시겠지요. 그래도 정말 재미있답니다!

하루 종일 저녁이 오기만을 기다립니다. 그러다 밤이 되면 문에 '공부 중'이라고 쓰인 푯말을 내걸고는 빨간색의 근사한 목욕 가운을 입고 털 슬리퍼를 신은 채 쿠션을 죄다 끌어 모아 등에 받치고 침대에 앉습니다. 그러고는 팔꿈치 곁에 있는 놋쇠 스탠드에 불을 켜고 책을 읽고 또 읽습니다. 책 한 권으로는 성이 차질 않아서 한꺼번에 네 권을 읽을 때도 있습니다. 지금 읽고 있는 건 테니슨의 시와《허영의 시장》《키플링 단편소설집》그리고 -웃지 마세요-《작은 아씨들》입니다. 어린 시절에《작은 아씨들》을 읽지 않은 사람은 이 대학교에서 저뿐이라는 사실을 알게 되었습니다. 하지만 아무에게도 그걸 말하지 않았답니다. (그랬다간 희한한 아이라고 낙인찍힐 게 뻔하니까요.) 전 그냥 잠자코 나가서 지난달 용돈 중 1달러 12센트를 써서 그 책을 샀습니다. 다음번에 누군가가 절인 라임(《작은 아씨들》에서 막내딸 에이미가 좋아하던 라임 피클- 옮긴이) 이야기를 꺼낸다면, 저도 그게 무슨 말인지 금방 알아들을 수 있을 거예요!

(열 시를 알리는 종이 울리네요. 이 편지 한 통을 다 쓰는 동안 도중에 여러 번 중단되었어요.)

토요일
아저씨,

기하학 과목에서 새로운 탐구를 하고 있음을 삼가 아룁니다.
지난 금요일 수업시간에는 이전에 배우던 직육면체를 끝마치고 각뿔대로 접어들었습니다. 학문의 길은 멀고도 험합니다.

일요일

다음 주부터 크리스마스 휴가가 시작되어 다들 짐을 싸느라 분주하답니다. 덕분에 복도를 가득 메운 여행 가방 사이를 아슬아슬하게 비껴 지나가야 합니다. 모두들 잔뜩 들떠서 공부가 머리에 들어오지 않고 있습니다. 저는 이번 휴가를 즐겁게 보낼 생각이랍니다. 저 말고도 신입생이 한 명이 집이 텍사스에 있어 학교에 남아 있게 되었는데, 함께 멀리 산책도 나가고 얼음이 얼면 스케이트도 타기로 했습니다. 그리고 도서관엔 여전히 읽어야 할 책들이 많으니 삼 주 동안은 거기서 책이나 실컷 읽어야겠어요!

이만 줄일게요, 아저씨. 아저씨도 저처럼 행복하시길 바랍니다.

아저씨의 영원한,

주디

추신. 답장 보내주시는 거 잊지 마세요. 글쓰기가 귀찮으시다면 비서를 시켜 전보를 보내주세요. 이렇게만 쓰셔도 돼요.

"스미스 씨는 완전한 대머리임."

혹은,

"스미스 씨는 대머리가 아님."

아니면,

"스미스 씨는 백발임."

그리고 제 용돈에서 25센트를 전보 요금으로 빼주시고요.

1월까지 안녕히 계세요. 그리고 즐거운 크리스마스 보내세요!

❧

크리스마스 연휴가 끝나갈 즈음에.

정확한 날짜는 모름

키다리 아저씨께

아저씨가 계시는 곳에도 눈이 내리고 있나요? 제방 창밖으로 보이는 세상은 온통 부드럽게 주름 잡힌 하얀 천으로 덮여있고 팝콘만큼 커다란 눈송이들이 하늘에서 내려오고 있습니다. 지금은 늦은 오후에요. 태양(차가운 노란색이네요)은 더욱 차가운 보랏빛 언덕 너머로 이제 막 저물기 시작했고, 저는 창가 자리에 올라앉아 옅어져 가는 저녁놀 아래에서 아저씨께 드릴 편지를 쓰고 있습니다.

아저씨가 보내주신 금화 다섯 닢을 보고 깜짝 놀랐어요! 크리스마스 선물을 받아본 적이 없었거든요. 아저씨가 이미 저에게 많은 것들을 주셨기에 —제가 가진 이 모든 것들 말이에요— 다른 걸 또 주실 거란 생각은 하지 않았어요. 하지만 이번 선물도 감사합니다. 제가 그 돈으로 무엇을 샀는지 궁금하시지요?

1. 가죽 상자에 들어 있는 은시계를 샀어요. 손목에 차고 수업 시간에 늦지 않으려고요.
2. 매튜 아놀드의 시집
3. 보온병
4. 무릎 담요. (제 방이 춥거든요.)
5. 노란 원고지 500장 (이제 슬슬 작가가 될 준비를 하려고요.)
6. 동의어 사전 (작가로서 어휘력을 높이기 위해서요.)
7. (마지막 건 별로 밝히고 싶지 않지만, 말씀드리죠 뭐.) 실크 스타킹 한 켤레.

그러니까 아저씨, 제가 숨기는 게 있다고 생각하지는 마세요!

아저씨가 정 알고 싶으시다면 말씀드릴게요. 실크 스타킹을 산 건 아주 보잘것없는 이유에서였어요. 줄리아 펜들턴이 기하학 공부를 하러 매일 밤 제 방에 와서는 침대 위에 다리를 꼬고 앉아요. 실크 스타킹을 신고서 말이에요. 하지만 두고 보세요. 연휴가 끝나고 줄리아가 돌아오기만 하면 저도 실크 스타킹을 신고서 그 애의 방에 가서 침대에 다리를 꼬고 앉을 거예요. 아저씨도 아시겠죠? 제가 얼마나 한심한 아이인지를요. 하지만 적어도 저는 정직해요. 제 고아원 기록을 보셨을 테니 제가 완벽한 사람은 아니라는 건 아저씨도 이미 알고 계셨으리라 생각합니다.

다시 말씀드리자면 (영어 선생님이 새로운 문장을 시작할 때마다 쓰는 표현이에요.), 저는 이 일곱 가지 선물들에 대해 몹시 감사하고 있어요. 그리고 저 스스로에게 그 선물들은 캘리포니아에 있는 저희 가족들이 보낸 거라고 둘러대고 있습니다. 시계는 아빠가, 무릎 담요는 엄마가, 보온병은 이런 기후에서 제가 감기라도 걸릴까 봐 늘 걱정하시는 할머니가, 그리고 노란 원고지는 저의 어린 동생 해리가 보낸 것이에요. 저의 언니 이사벨은 실크 스타킹을 주었고, 수잔 숙모는 매튜 아놀드의 시집을 보내주었어요. 해리 삼촌은(동생 해리의 이름을 삼촌에게서 따서 지었지요.) 사전을 주셨지요. 삼촌은 원래 초콜릿을 보내주고 싶어 하셨지만 제가 동의어 사전을 고집했거든요.

아저씨도 제가 지어낸 가족의 일원이 되는 걸 반대하지는 않으시겠지요?

자, 이제 저의 휴가에 대해 말씀드려도 될까요? 아니면 아저씨는 제 학업 같은 것에만 관심이 있으신가요? '같은 것'이라는 말에 담겨진 미묘한 의미를 알아차리셨으면 좋겠어요. 이것이 제가 최근에 배운 말이거든요.

텍사스에 집이 있다던 신입생의 이름은 레오노라 펜턴이에요. (제루샤라는 이름만큼이나 웃긴 이름이지요?) 전 그 애가 좋아요. 하지만 샐리 맥브라이드만큼은 아니지요. 그 어떤 누구도 샐리만큼 좋아할 순 없을 거예요. 물론 아저씨는 빼고요. 언제나 제가 제일 좋아하는 사람은 아저씨예요. 아저씨는 제 가족 전부를 합한 분이니까요.

레오노라와 저, 그리고 2학년생 두 명은 날씨가 좋은 날이면 산책을 나갔기 때문에 학교 근처는 다 돌아보았습니다. 짧은 치마와 니트 재킷 차림에 모자를 쓰고 하키 스틱을 들고 다니며 이것저것 걸리는 대로 세게 치고 다녀요. 한번은 6킬로미터나 떨어진 마을까지 걸어가서 여대생들이 저녁을 먹으러 주로 가는 식당에 들어갔어요. 구운 바닷가재(35센트)를 먹고 후식으로 메이플 시럽을 뿌린 메밀 케이크(15센트)를 먹었어요. 영양 만점에 가격도 저렴한 식사였어요.

얼마나 즐거웠는지요! 제가 특히 그랬어요. 고아원과는 완전히 딴판이었거든요. 교정을 벗어날 때마다 저는 마치 탈옥수라도 된 것 같은 기분이 들어요. 미처 생각을 끝내기도 전에 다른 아이들에게 제가 겪었던 일을 먼저 말해버릴 때가 있거든요. 무심코 비밀이 탄로날 뻔할 때서야 겨우 수습하곤 한답니다. 알고 있는 걸 모두 말하지 않는 것이 저에겐 무척 어려운 일이에요. 저는 천성적으로 솔직한 성격인가 봐요. 들어줄 아저씨마저 안 계셨더라면 저는 벌써 폭발해 버리고 말았을 거예요.

지난 금요일 저녁에는 당밀 사탕을 만들었습니다. 퍼거슨 기숙사의 사감 선생님이 다른 기숙사에 남은 학생들도 함께 만들자고 하셨거든요. 모두 스물두 명이 모였는데 1학년생, 2학년생, 3학년생, 4학년생 모두 화기애애한 분위기 속에서 서로 도와 가며 사탕을 만들었어요. 주방은 굉장히 넓었고 돌로 장식한 벽에는 구리

냄비와 주전자가 줄지어 걸려있었는데 그중에서 제일 작은 냄비가 빨래 삶는 솥만큼이나 컸어요. 퍼거슨 기숙사에는 여학생 400명이 살고 있으니 그럴 수밖에요. 흰 모자를 쓰고 흰 앞치마를 두른 주방장 아저씨가 어디서 그 많은 걸 구했는지 모자와 앞치마를 스물두 개나 가져왔지 뭐예요. 그래서 우리도 모두 요리사 차림이 되었답니다.

사탕 맛은 그저 그랬지만 정말 재미있었어요. 마침내 사탕을 다 만들 무렵에는 우리 몸이며, 주방이며, 문손잡이까지 온통 끈적거렸어요. 우리는 여전히 모자와 앞치마를 두른 채, 저마다 큰 포크나 숟가락 또는 프라이팬을 들고 줄지어 교무실로 행진했답니다. 교수님과 선생님 대여섯 분이 조용한 저녁 시간을 보내고 계셨어요. 우리는 교가를 부르고 나서 당밀 사탕을 대접해드렸습니다. 그분들도 정중하게 사탕을 받긴 하셨지만 어쩐지 미심쩍은 표정이 역력했지요. 당밀 사탕 덩어리를 입에 물고는 끈적거려서 아무 말씀도 하지 못하는 그분들을 뒤로 하고 우리는 교무실을 나왔어요.

아저씨, 제 경험이 하루가 다르게 쌓여가고 있는 게 보이시나요?

아무래도 제가 작가 대신 화가가 되어야 할 것 같지 않으세요?

이틀 후면 방학도 끝나고 친구들을 다시 만나게 될 생각에 기쁩니다. 제가 있는 건물은 조금 쓸쓸하답니다. 400명이 있던 곳에 아홉 명만 남아 여기저기 재잘거리며 다니는걸요.

편지를 열한 장이나 썼네요. 가엾은 아저씨, 편지를 읽느라 피곤하시겠어요! 짤막한 감사 편지를 쓰려던 것뿐이었는데, 펜만 들면 정신없이 써내려간다니까요.

안녕히 계세요. 그리고 저를 생각해 주셔서 감사합니다. 수평선 위에 떠 있는 작은 먹구름 한 조각만 빼면 저는 완벽하게 행복합니다. 2월에 시험이 있거든요.

사랑을 보내며,

주디 올림

추신. 사랑을 보낸다는 말은 버릇없는 표현일까요? 그렇다면 용서해 주세요. 하지만 저는 누군가를 사랑해야만 하는데, 아저씨와 리펫 원장님 두 분 중에서 골라야 하거든요. 그러니 아저씨도 아시겠지요. 아저씨가 좀 참아 주세요. 아저씨, 제가 원장 선생님을 사랑할 순 없는 일이잖아요.

시험 전날 밤

키다리 아저씨께

이곳 대학이 얼마나 죽기 살기로 공부를 시키는지 아저씨도 아셔야 해요! 방학이라는 게 있었는지도 잊어버렸습니다. 지난 나흘 동안 불규칙 동사 57개를 제 머릿속에 쑤셔 넣었어요. 제발 시험이 끝날 때까지만은 남아 있길 간절히 바라봅니다.

교과서를 다 배우고 나면 팔아버리는 학생들도 있지만, 저는 그냥 가지고 있을 생각이에요. 졸업하고 나서도 제가 공부한 것들을 책장에 한 줄로 모셔놓고, 필요할 때면 언제든지 바로 찾아볼 수 있도록 말이에요. 그렇게 하는 것이 제 머릿속에 보관하려고 애쓰는 것보다 훨씬 편하고 정확한 방법이겠지요.

줄리아 펜들턴이 오늘 저녁 사교적인 방문을 한다며 제 방에 들러 꼬박 한 시간이나 있다가 돌아갔습니다. 그 애가 가족에 관한 이야기를 꺼내기 시작했는데 저는 화제를 돌릴 수가 없었습니다. 줄리아는 제 어머니의 처녀 시절 성이 뭔지 궁금해 했어요. 고아원 출신에게 그런 무례한 질문을 하는 걸 들어보셨나요? 저는 도저히 모른다고 말할 용기가 나지 않아서 비참한 심정으로 그냥 처음 떠오른 성을 말해버렸어요. 몽고메리라고요. 그랬더니 또 메사추세츠의 몽고메리 가문인지 버지니아의 몽고메리 가문인지를 묻지 않겠어요?

줄리아의 어머니는 러더포드 가문이래요. 그 가문은 노아의 방주를 타고 왔고 헨리 8세와는 인척 관계래요. 아버지 쪽은 아담보다도 더 오래된 가문이라나요. 줄리아네 족보 맨 위에는 필시 아주 부드러운 털과 유난히 꼬리가 긴 혈통 좋은 원숭이가 자리 잡고 있을 거예요.

오늘밤에는 아저씨를 재미있고 기운차고 즐겁게 해드릴 편지를 쓰려고 했는데, 너무 졸리네요. 시험 때문에 걱정도 되고요. 신입생의 생활이 마냥 행복하기만 한 건 아니네요.

시험이 코앞으로 다가온
아저씨의 주디 애벗 올림

෴

일요일
사랑하는 키다리 아저씨께

몹시 끔찍하고 나쁜 소식을 하나 전해드려야 하지만 그걸로 편지를 시작하진 않을래요. 우선 아저씨를 즐겁게 해드리고 싶어요.

제루샤 애벗이 드디어 작가로 인정받기 시작했답니다. '내 방에서'라는 제목의 시가 교지 2월호에 실렸어요. 그것도 첫 페이지에 말이에요. 신입생으로서 여간 영광스러운 일이 아니에요. 어젯밤에 예배를 드리고 나오는데 영어 교수님이 저를 보시더니 지나치게 긴 여섯 번째 행만 빼고는 매력적인 작품이라고 말씀해주셨어요. 아저씨가 읽고 싶어하실까 봐 복사본을 하나 동봉합니다.

뭐 또 즐거운 일이 없었나⋯⋯. 아, 있어요! 스케이트 타는 걸 배우는 중인데 이젠 혼자서도 제법 잘 탄답니다. 체육관 지붕에서 줄을 타고 내려오는 법도 배웠고 105센티미터나 되는 가로대도 뛰어넘을 수 있어요. 조만간 120센티미터까지도 넘을 수 있을 거예요.

오늘 아침엔 앨라배마에서 오신 주교님으로부터 무척 고무적인 설교를 들었어요. 내용은 다음과 같습니다.

'비난받고 싶지 않거든 남을 비난하지 마라.'

왜 다른 사람들의 실수는 눈감아 주어야 하는지, 그리고 왜 사람들을 가혹하게 비난하여 낙담시켜서는 안 되는지 그 이유에 관한 내용이었어요.

지금은 태양이 찬란하게 빛나는 눈부신 겨울 오후입니다. 전나무에 매달린 고드름이 떨어지고 온 세상이 눈의 무게로 휘어져 있습니다. 저만 제외하고요. 저는 슬픔의 무게에 짓눌려 있답니다.

이제 그 소식을 말씀드릴게요. 용기를 내, 주디! 이 일은 꼭 말씀 드려야 해.

지금 확실히 기분 좋으신 거 맞지요, 아저씨? 저는 이번 시험에서 수학과 라틴어 산문에 낙제했습니다. 지금은 그 두 과목을 개인 지도 받고 있는 중이고 다음 달에 재시험을 치를 예정입니다. 실망하셨다면 죄송하지만 아저씨만 괜찮으시다면 저도 별로 신경 쓰지 않을래요. 왜냐하면 저는 교과 과정에 나오지 않는 수많은 것들을 배웠기 때문이에요. 소설을 열일곱 권 읽었고 시도 많이 읽었습니다.《허영의 시장》과《리처드 피버럴》《이상한 나라의 앨리스》같은 필독서 말이에요. 그뿐만 아니라 에머슨의《수상록》, 록하트의《스코트 전기》, 기번의《로마제국 쇠망사 제1권》, 벤베누토 첼리니의《자서전》도 반이나 읽었어요. 글을 참 재미있게 쓰는 사람이지요? 그런데 이 사람은 아침 식사 전에 산책을 나가서 별 생각 없이 사람을 죽이곤 했다고 합니다.

아저씨, 이만하면 제가 라틴어 공부에만 매달리는 것보다 훨씬 더 많은 것을 배웠다는 걸 알아주시겠지요? 다시는 낙제하지 않겠다고 약속드릴 테니 이번 한 번은 용서해주실 거지요?

슬픔에 잠겨 있는
주디 올림

이달의 소식

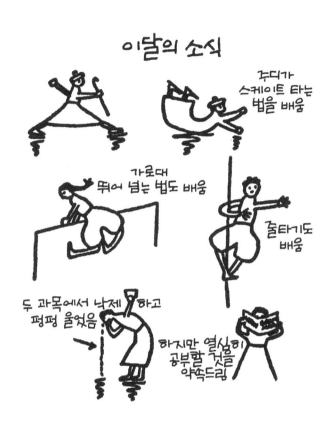

누디가 스케이트 타는 법을 배움

가로대 뛰어 넘는 법도 배움

줄타기도 배움

두 과목에서 낙제 하고 펑펑 울었음

하지만 열심히 공부할 것을 약속드림

∽

키다리 아저씨께

아저씨께 편지를 쓰려고 생각한 날이 아직 보름이나 남았지만 오늘밤은 왠지 쓸쓸해서 편지를 한 장 더 씁니다. 밖에는 폭풍우가 거세게 몰아치고 있어요. 캠퍼스의 불빛이 모두 꺼졌는데도 저는 블랙커피를 마셔서인지 잠이 오지 않습니다.

오늘 저녁에 샐리와 줄리아와 레오노라 팬턴과 함께 저녁 식사 파티를 했습니다. 정어리와 구운 머핀, 샐러드, 그리고 퍼지와 커피를 먹었어요. 줄리아는 즐거웠다는 말만 하고 가 버렸지만, 샐리는 남아서 설거지를 도와주었어요.

오늘밤은 라틴어 공부를 하며 아주 유익한 시간을 보낼 수도 있었을 텐데. 제가 라틴어 공부에는 별로 열의가 없긴 한가 봅니다.《리비우스》와《노년에 관하여》는 마쳤고, 이제《우정에 관하여》를 들어갈 차례에요. (《욱! 정에 관하여》라고 발음해 버린답니다.) (*원문에는 De Amicitia를 Damn Icitia라고 발음한다고 나옴. 연음을 이용하여 Damn '제기랄'이라고 욕을 하는 것으로 주디가 라틴어를 싫어하는 마음이 엿보임 – 옮긴이)

아주 잠깐 동안만 제 할머니인 척 해주실 수 있으세요? 샐리는 할머니가 한 분 계시고 줄리아와 레오노라는 각각 두 분씩 할머니가 계신대요. 그 애들은 오늘밤 열을 올려 가며 자기 할머니들을 비교했어요. 저도 할머니가 있었으면 좋겠다는 생각뿐이에요. 꽤 괜찮은 관계처럼 들렸거든요. 그러니까 아저씨가 반대하지 않으신다면, 어제 시내에 나갔다가 보라색 리본으로 장식한 아주 예쁜 레이스 모자를 봤는데 그걸 할머니의 여든 세 번째 생신 선물로 보내 드릴게요.

! ! ! ! ! ! ! ! ! ! ! !

이건 예배당의 종탑에 있는 시계가 열두 시를 알리는 소리예
요. 결국에는 잠이 오겠지요.

안녕히 주무세요, 할머니
할머니를 무지무지 사랑해요.
주디 올림

＊＊＊

3월의 중간날 (*시저의 암살일로 예언된 3월 15일- 옮긴이)
키다리 아저씨께

전 지금 라틴어 산문 작문을 공부하고 있습니다. 지금까지도
내내 공부했고 앞으로도 계속할 거예요. 재시험이 다음 주 화요
일 7교시에 있을 예정이거든요. 이번에 통과하지 못하면 저는 그
야말로 끝장이에요. 그러니 아저씨는 다음 편지에서 제가 재시험
에서 벗어나 온전히 행복한 상태일지 아니면 산산조각이 나 있을
지 아시게 될 거예요.

재시험이 끝나면 제대로 된 편지를 쓰겠습니다. 오늘밤에는 라

틴어 탈격 독립어구와 씨름해야 하거든요.

눈코 뜰 새 없이 바쁜

주디 애벗 올림

❧

3월 26일

키다리 아저씨 스미스 씨 귀하

귀하께서는 제 질문에 한 번도 대답을 안 해주십니다. 귀하는
제가 뭘 하든지 조금도 관심을 비추지 않으세요. 귀하는 아마도
지긋지긋한 평의원들 중에서도 가장 지긋지긋한 분일 겁니다. 그
리고 귀하께서 저를 교육시키는 이유는 저에 대해 눈곱만큼이라
도 관심이 있어서라기보다는 의무감에서겠지요.

귀하에 대해서 저는 아무것도 모릅니다. 귀하의 이름조차도 모
르지요. 무슨 물건에게 쓰는 것 같아서 도저히 편지 쓸 맛이 안 납
니다. 귀하께서 제가 보낸 편지를 읽지도 않고 쓰레기통으로 던
져 버리는 게 분명합니다. 이제부터는 학업에 관해서만 편지를
쓰도록 하겠습니다.

라틴어와 수학 재시험은 지난주에 치렀습니다. 두 시험 모두

통과했고 이제는 재시험에서 자유의 몸이 되었습니다.

귀하의 성실한

제루샤 애벗 올림

∿

4월 2일

키다리 아저씨께

저는 정말 못된 아이에요.

지난주에 제가 보내드린 그 버릇없는 편지는 제발 잊어 주세요. 편지를 쓴 날 밤에는 너무나 외롭고 비참한 심정이 들었던 데다가 목까지 아팠거든요. 그땐 몰랐지만 편도선염에다가 독감과 여러 가지 증상이 복합적으로 겹쳐서 아팠던 거예요. 전 지금 병원에 있어요. 입원한 지 6일이 되었네요. 병원에서는 오늘에서야 자리에서 일어나 앉아 종이와 펜을 들 수 있도록 해주었어요. 수간호사가 대단히 엄격하거든요. 누워 있는 내내 그 편지 생각만 났고 아저씨가 저를 용서해주실 때까지는 병이 나을 것 같지 않아요.

이 그림은 머리에 붕대를 둘러 토끼 귀 모양으로 묶고 있는 지금의 제 모습이에요.

동정심이 마구 샘솟지 않으세요? 설하선이 잔뜩 부풀어 올랐대요. 거기다 생리학을 일 년 내내 공부했는데도 설하선이라는 말은 들어보지도 못했어요. 교육이라는 게 얼마나 부질없는 것인지요!

편지를 더 이상 이어 나가지 못하겠습니다. 너무 오래 앉아 있으면 몸이 떨리거든요. 버릇없고 배은망덕한 저를 부디 용서해주세요. 근본 없이 자라서 그렇습니다.

사랑을 담아, 아저씨의
주디 애벗 올림

〜

병원에서

4월 4일

사랑하는 키다리 아저씨께

어제 저녁 해가 저물어 갈 무렵, 침대에 앉아 창밖으로 내리는 비를 바라보며 병원 생활이 견딜 수 없이 지루하다고 생각하고 있던 그때, 간호사가 하얗고 긴 상자 하나를 가지고 왔습니다. 상자 속에는 너무도 아름다운 분홍색 장미꽃이 가득 들어 있었어요. 하지만 그보다 더 멋진 것은 그 속에 들어 있는 카드였습니다. 뒤로 갈수록 글자가 올라가는 재미있는 필체에는 뚜렷한 개성이 묻어났어요. 고맙습니다. 아저씨. 표현할 수 없을 만큼 감사드려요.

아저씨가 보내 주신 꽃은 제 인생에서 처음 받아 본 진정한 선물이었어요. 제가 얼마나 어린애 같은지 알려드릴까요. 저는 너무 행복한 나머지 그만 엎드려서 엉엉 울고 말았답니다.

아저씨께서 제 편지를 읽고 계시다는 걸 알았으니까 앞으로는 더욱 재미있는 편지를 써야겠어요. 붉은 리본으로 묶어 금고 안에 보관하고 싶은 생각이 들 정도로 말이에요. 그 끔찍한 편지 한 통만 빼내어 불태워 주세요. 아저씨가 그걸 다시 읽으실 걸 생각만 해도 끔찍해요.

몸이 많이 아픈 바람에 비참한 기분에 잠겨 심술을 부리고 있던 가련한 신입생을 기운차게 만들어 주셔서 고맙습니다. 아마 아저씨는 사랑하는 가족과 친구들이 많을 테지요. 그리고 아저씨는 혼자 있다는 것이 어떤 기분일지 모르시겠지요. 하지만 전 잘 안답니다.

안녕히 계세요. 다시는 그렇게 못되게 굴지 않겠다고 약속할게요. 아저씨가 진짜로 존재하는 사람이라는 걸 알게 되었으니까요. 그리고 앞으로는 질문을 마구 쏟아 내어 아저씨를 귀찮게 하지 않겠다고 약속할게요.

아저씨는 아직도 여자애들이 싫으신가요?

아저씨의 영원한

주디 올림

❧

월요일 8교시
키다리 아저씨께

설마 아저씨가 두꺼비를 깔고 앉았던 그 평의원님은 아니시겠지요? 제가 듣기로는 두꺼비가 평! 소리를 내며 터져 죽었다던데, 그렇다면 그 평의원님은 두꺼비보다 더 뚱뚱했겠지요.

존 그리어 고아원의 세탁실 창문 옆에 격자 뚜껑으로 덮인 방공호를 기억하세요? 매년 봄에 두꺼비들이 나올 즈음이면 우리들은 두꺼비들을 잡아다가 그 창문 옆의 구멍 속에 넣어 두곤 했어요. 이따금씩 두꺼비들이 가득 넘쳐나서 세탁실로 넘어오기도 했는데 그러다 빨래하는 날이 되면 아주 즐거운 소동이 일어나곤 했어요. 이런 행동을 했다고 호되게 야단을 맞고 풀이 죽기도 했지만 그것도 잠시 뿐, 또다시 두꺼비들을 잡아들였지요.

　그러던 어느 날 (아저씨가 지루하시지 않도록 세세한 건 넘어갈게요.) 여하튼 몸집이 크고 퉁퉁하니 육즙이 많은 두꺼비가 평의원실의 커다란 가죽 의자 위로 올라가 앉아 있었지 뭐에요. 그리고 그날 오후 이사회 때 그만⋯⋯. 아저씨도 그 자리에 계셨을 테니 나머지는 말씀 안 드려도 아시겠지요?

　시간이 흐르고 돌이켜 생각해보니, 그렇게 벌을 받은 것도 당연한 일이었고, 제 기억이 맞다면 적절한 벌을 내리셨던 것 같기도 해요.

　제가 왜 이런 추억에 잠기게 되는지는 모르겠지만 봄이 되어 두꺼비가 다시 나오기 시작하면 다시 그 시절의 장난을 치고 싶은 본능이 꿈틀거린답니다. 하지만 이제 두꺼비를 잡지 않는 이유는 단 한 가지, 그걸 못하게 하는 규칙이 없기 때문이지요.

목요일, 예배를 마치고

제가 제일 좋아하는 책이 무엇인지 아세요? 그러니까 제 말은 지금 이 순간 말이에요. 사흘마다 좋아하는 책이 바뀌거든요. 지금은《폭풍의 언덕》이에요. 에밀리 브론테는 젊은 나이에 이 소설을 썼는데 그때까지 하워스 교구를 벗어나 본 적이 없었대요. 평생 아는 남자라곤 없었다는데 어떻게 히스클리프 같은 남자를 상상해 낼 수 있었을까요?

전 그럴 수 없었을 거예요. 저도 확실히 어리고 존 그리어 고아원 바깥으로는 나가 본 적이 없었으니 그럴 기회는 충분했는데도 말이에요. 때로는 제가 천재가 아니라는 생각에 무시무시한 공포감이 밀려들곤 한답니다. 제가 위대한 작가가 되지 못한다면 아저씨는 몹시 실망하시겠지요?

주위에 온통 푸릇푸릇한 싹이 트는 아름다운 봄날이면 공부는 뒷전으로 하고 밖으로 달려 나가 봄기운을 만끽하고 싶어집니다. 들판에 나가면 신기한 일들이 펼쳐질 테니까요! 책을 쓰는 것보다 책에 파묻혀 살아가는 게 훨씬 더 재미있을 것 같아요.

아악!!!!!!

이건 샐리와 줄리아 그리고 4학년생 선배가 복도 건너편 방에서 달려오게 만든 저의 비명 소리예요.

이렇게 생긴 지네 때문이에요.

실제로 보면 훨씬 더 징그러워요. 조금 전 마지막 문장을 쓰고 나서 그 다음에는 뭘 쓸까 생각하던 그 순간, 툭! 하는 소리가 났어요. 지네가 천장에서 떨어져 제 옆에 착지한 것이었어요. 저는 황급히 도망치다가 탁자 위에 있던 컵 두 개를 엎질렀어요. 샐리는 제 머리빗 뒷부분으로 지네를 내려쳤어요. (다시는 그 빗을 쓸 수 없을 거예요.) 앞부분은 죽었는데도 뒤부분은 살아남아 꿈틀거리며 쉰 개의 다리로 서랍 밑으로 달아나 버렸어요.

이 기숙사는 오래된 데다 벽이 담쟁이덩굴로 뒤덮여 있어서 지네 천지예요. 정말이지 무시무시한 생물이에요. 차라리 침대 밑에서 호랑이가 나타나는 편이 훨씬 낫겠어요.

금요일, 밤 9시 30분

어찌나 힘든 하루였는지요! 아침에 기상 종소리를 못 듣는 바람에 서둘러 옷을 갈아입느라 신발끈도 끊어지고 셔츠 깃의 단추도 떨어뜨렸지 뭐예요. 아침 식사에도 늦었고 첫 수업에도 지각을 하고 말았어요. 깜빡하고 압지를 챙겨오지 않았는데 만년필마

저 새버렸어요. 삼각법 시간에는 교수님과 대수에 대해 의견 충돌이 생겼어요. 나중에 돌이켜 생각해보니 교수님이 옳았다는 걸 깨달았어요. 점심 메뉴로 양고기 스튜와 식용 대황이 나왔는데 둘 다 제가 싫어하는 것들이에요. 고아원에서 먹던 맛이 나거든요. 우편물에는 각종 청구서들 말고는 아무것도 없었어요. (하긴 제가 다른 우편물을 받을 일이 뭐가 있겠어요. 제 가족들은 편지 같은 건 안 쓰니까요.)

오후에 있었던 영어시간에는 예고에도 없던 작품에 대해 수업을 했어요.

바로 이런 내용이었어요.

다른 건 아무것도 바라지 않았는데,
그것마저도 거절당했지.
그 대신 목숨을 바치겠다고 했더니
그 대단한 상인이 미소를 지었네.

브라질? 그는 단추만 비틀고 있었네.
내 쪽으로는 눈길도 주지 않고서 말이야.
하지만 부인, 오늘 우리가 보여줄 수 있는 것이
정녕 아무것도 없단 말입니까?

이런 걸 시라고 하네요. 작가가 누구이며 무슨 의미인지도 모르겠어요. 강의실에 들어가니 칠판에 이 시가 쓰여 있었고, 우리보고 이 시에 대해 비평을 하라고 했어요. 첫 번째 연을 읽었을 때는 제 나름대로 이해가 되는 것 같았어요. 그 대단한 상인은 고결한 행동에 대한 대가로 축복을 내리는 신이라고요. 하지만 두 번째 연에 이르러 그가 단추만 비틀고 있는 걸 보자 불경한 추측인 것 같아서 생각을 급히 바꿨어요. 나머지 학생들도 곤란하긴 마찬가지였어요. 우리는 45분 동안 백지를 들고 백지처럼 머릿속이 텅 빈 채로 멍하니 앉아 있었어요. 교육을 받는다는 건 정말 고된 일이에요!

하지만 그걸로 끝난 게 아니었어요. 더 무시무시한 일이 기다리고 있었으니까요.

비가 와서 골프를 치러 나갈 수 없게 되자, 우리는 대신 체육관으로 갔어요. 그런데 제 옆에 있던 학생이 곤봉으로 제 팔꿈치를 세게 치지 뭐예요. 기숙사에 돌아와 보니 푸른색 새 봄옷이 든 상자가 도착했는데, 치마가 너무 꽉 끼어서 앉을 수도 없었어요. 금요일은 청소하는 날인데, 청소부가 제 책상 위의 종이들을 마구섞어놓았지 뭐예요. 디저트는 비석을 씹는 것 같았어요. (우유와 바닐라 향 젤라틴으로 만든 것이었어요.) 예배시간에는 여성다운 여성에 대한 설교를 듣느라 여느 때보다 20분이나 더 붙잡혀 있었고요. 그런 다음엔 겨우 한숨을 돌리고 나서 겨우《여인의 초상》에 다시 몰두하려는데 이름이 A로 시작한다는 이유로 라틴어 시간에 옆자리에 앉는, 얼굴이 창백한데다 말도 못하게 멍청한 애컬리라는 애가 (리펫 원장님이 제 이름을 '자브리스키'라고 지어줬더라면 얼마나 좋았을까요. (*자브리스키 Zabriski, 알파벳에서 A와 가장 멀리 떨어진 Z로 시작하는 이름으로서, 그 아이와 멀리 떨어져 앉고 싶은 마음을 표현함- 옮긴이) 월요일 수업이 69단원부터 시작하는지 70단원부터 시작하는지 물어보러 와서는 한 시간이나 죽치고 앉아 있지 뭐예요. 그 애는 이제야 돌아갔어요.

이렇게 기운이 빠지는 일들만 줄줄이 일어나는 걸 보신 적 있으세요? 인생에서 인격이 필요한 건 큰 문제가 생겼을 때뿐만이 아니에요. 누구든 큰 위기가 닥치면 용기를 가지고 일어서서 크나큰 비극에 맞설 수 있지만, 일상의 사소한 짜증거리들을 웃음으로 넘기려면 그때야말로 정신력이 필요할 것 같아요.

앞으론 저도 바로 그런 정신력을 키우고 싶습니다. 인생이란 할 수 있는 한 능수능란하고 정정당당하게 승부해야하는 게임 정도로 생각하려고 합니다. 만일 제가 지더라도 어깨를 한 번 으쓱하고는 웃어넘기려고요. 이길 때도 마찬가지고요.

아무튼 저는 소탈한 사람이 될 거예요. 사랑하는 아저씨, 줄리아가 실크 스타킹을 신고 다녀도, 벽에서 지네가 떨어진다 하더라도 다시는 불평하지 않을래요.

아저씨의 영원한,
주디 올림

얼른 답장 보내주세요.

≈

5월 27일
키다리 아저씨 귀하께

아저씨, 방금 리펫 원장님으로부터 편지 한 통을 받았어요. 원장님은 제가 품행을 바르게 하고 학업도 잘 해나가길 바라신다고 합니다. 이번 여름에 제가 갈 곳이 없을 테니, 고아원으로 돌아와서 일을 거들면 개강 때까지 하숙을 할 수 있게 해주신다고 합니다.
저는 존 그리어 고아원이 싫어요.
거기로 돌아갈 바엔 차라리 죽는 게 낫겠어요.

그 어느 때보다 솔직한
제루샤 애벗 올림

키다리 아저씨께(이 편지는 프랑스 수업 시간에 주디가 영어에다 아는 프랑스어를 섞어서 씀. 프랑스어로 쓴 부분은 이탤릭체로 표시함. 이후로 나오는 이탤릭체 부분은 주디가 외국어로 쓴 것임- 옮긴이)

아저씨는 정말 멋진 분이세요!

농장 이야기를 듣고 얼마나 반가웠는지 몰라요. *왜냐하면* 저는 평생 농장이라는 곳엔 *가 본 적도* 없고, 존 그리어 고아원에 돌아가서 여름 내내 설거지나 하는 건 끔찍이도 싫거든요. 그곳으로 다시 간다면 *제가 뭔가 나쁜 일을 저지를 것만* 같아 두려워요. 예전의 겸손함을 잃고 다른 사람이 되어 버린 제가 어쩌면 고아원에 있는 컵과 컵 받침을 모조리 다 깨뜨려버릴지도 몰라요.

편지를 짧게 쓰는 걸 이해해 주세요. 지금은 프랑스어 시간이라 더 이상 쓰기 어렵네요. 교수님이 곧 저를 부르시려는 눈치예요.

방금 부르셨어요!

안녕히 계세요.
아저씨가 정말 좋아요.
주디 올림.

5월 30일

키다리 아저씨께

저희 학교 캠퍼스를 보신 적이 있으세요? (글에 기교를 부리려고 쓴 질문이니 신경 쓰지 않으셔도 돼요.) 5월이면 이곳은 마치 천국과도 같답니다. 관목들은 꽃망울을 틔우고 커다란 나무들은 사랑스러운 신록의 푸르름을 뽐낸답니다. 늙은 소나무마저도 싱그럽고 풋풋해 보인다니까요. 잔디밭 곳곳에 노란 민들레가 고개를 내밀고, 파랑, 하양, 분홍빛 옷을 입은 여학생들이 수도 없이 앉아 있어요. 다들 즐겁고 근심 같은 건 하나도 없어 보여요. 방학이 다가오고 있으니까요. 방학을 기대하느라 시험 따윈 안중에도 없답니다.

이런 것이야말로 진정한 행복이 아닐까요? 그리고 아저씨! 저는 그 중에서도 가장 행복한 사람이랍니다! 더 이상 고아원에서 지내지 않아도 되니까요. 그리고 더 이상은 누군가의 보모 노릇을 할 필요도, 대신 타자를 쳐야 할 필요도, 장부 정리를 해야 할 필요도 없으니까요. (아저씨가 안 계셨더라면 계속 그래야만 했겠지요.)

예전에 잘못했던 일들이 후회가 됩니다.

리펫 원장님께 건방지게 굴었던 것을 후회하고 있습니다.

프레디 퍼킨스를 때렸던 것을 후회하고 있습니다.

설탕 통에다 소금을 채워두었던 것을 후회하고 있습니다.

평의원님들 등 뒤에서 얼굴을 찌푸렸던 걸 후회하고 있습니다.

앞으로는 모든 사람들에게 착하고 상냥하며 친절한 사람이 되겠습니다. 저도 이제 행복하니까요. 그리고 이번 여름 방학에는 글을 쓰고 또 써서 위대한 작가가 되기 위한 첫 걸음을 내딛을 생각입니다. 포부가 정말 대단하지요? 아참, 요즘 저는 나날이 성격이 좋아지고 있어요! 춥고 서리 낀 날에는 조금 수그러들어도 햇살이 밝은 날이면 어김없이 쑥쑥 자라나거든요.

이건 누구에게나 마찬가지 이야기예요. 저는 역경과 슬픔과 절망이 정신력을 강하게 해 준다는 의견에 동의하지 않는답니다. 행복한 사람들은 온화함으로 벅차오르거든요. 저는 염세주의(정말 근사한 단어지요! 방금 배웠어요.)를 신봉하지 않아요. 아저씨는 설마 염세주의자는 아니시겠지요?

캠퍼스에 관해 말씀드리려고 펜을 들었던 건데. 아저씨가 잠깐만이라도 들르셨으면 좋겠습니다. 그럼 제가 모시고 다니면서 "아저씨, 저 건물은 도서관이에요. 이건 난방 설비실이고요. 왼편에 있는 고딕양식 건물은 체육관이고 그 옆에 있는 튜더 로마네스크 양식 건물은 새로 지은 병동이에요." 라고 안내해 드릴 수 있을 텐데요.

참, 저는 사람들에게 안내를 참 잘 한답니다. 고아원에서도 늘 하던 일이었고, 여기서도 오늘 하루 종일 안내를 했어요. 정말이에요.

게다가 그것도 남자분을 말이에요!

정말 새로운 경험이었어요. 전엔 남자와 대화해본 적이 없거든
요. (이따금씩 평의원님들과는 대화해봤지만, 그분들은 제외할게요.) 죄
송해요, 아저씨. 평의원님들을 흉보며 아저씨의 기분을 상하게
하려던 건 아니에요. 아저씨는 그분들과는 다른 분이라고 생각
하니까요. 아저씨는 우연한 기회로 이사회에 들어오셨을 테고요.
그런 평의원님들은 대개 뚱뚱하고 거만하면서도 자비로운 마음
이 있지요. 금시계 줄을 늘어뜨린 채 고아의 머리를 쓰다듬어주
세요.

이 그림은 왕풍뎅이 같아 보이지만, 실은 아저씨를 제외한 다
른 평의원님들의 모습을 그린 거예요.

좀 전에 하던 이야기로 다시 돌아갈게요.

저는 오늘 어떤 남자분과 함께 산책을 하고 차를 마시며 대화도 나누었어요.

그분은 줄리아네 가문의 저비스 펜들턴 씨라는 무척 신사다운 분이었어요. 줄리아의 삼촌인데, 짧게 말하자면 ('길게 말하자면'이라고 해야겠네요. 그분도 아저씨만큼이나 키가 크니까요.) 사업차 이곳으로 왔다가 조카를 보려고 학교에 들른 것이었어요. 펜들턴 씨는 줄리아 아버지의 막내 남동생이지만, 그 애는 자기 삼촌에 대해 자세히는 모르더라고요. 줄리아를 아기 때 한 번 봤는데 그 애한테 마음에 드는 구석이 없다고 판단하고는, 그 이후로는 별 관심도 가지지 않으셨던 모양이에요.

아무튼 그분은 모자와 지팡이와 장갑을 곁에 가지런히 두고 응접실에 앉아 있었어요. 줄리아와 샐리는 7교시 수업을 빠질 수 없는 상황이었어요. 그래서 줄리아가 제 방으로 달려와서 자기 삼촌과 캠퍼스를 둘러보고 7교시 수업이 끝날 때 다시 자기에게로 모시고 와 달라고 애원했어요. 저는 마음이 약해져서 마지못해 그러겠다고 했어요. 줄리아 때문에 펜들턴 가문을 그다지 좋아하지 않거든요.

그런데 그분은 다정하고 좋은 분이었어요. 정말 인간미가 넘치던걸요. 전혀 펜들턴 가문 사람으로 보이지 않았어요. 우린 즐거운 시간을 보냈답니다. 그런 경험이 있은 후로 저에게도 삼촌이 있었으면 좋겠다는 소망이 생겼어요. 아저씨가 제 삼촌이 되어 주실래요? 할머니보다는 삼촌이 더 나을 것 같아요.

펜들턴 씨를 보면서 아저씨의 20년 전 모습을 떠올렸어요. 우린 한 번도 만난 적이 없지만 저는 아저씨를 자세하게 알고 있지요!

그분은 키가 크고 호리호리한 몸매에 얼굴은 가무잡잡하고 주름이 많았어요. 드러내고 웃지는 않았지만 입가에 살짝 주름을 지으며 그윽한 미소를 비추었어요. 처음 만났는데도 마치 오래 전부터 알고 지낸 사람처럼 느끼게 만드는 재주가 있는 분이었어요. 함께 있는 게 아주 편안했거든요.

우리는 안뜰에서부터 운동장까지 캠퍼스를 두루 거닐었어요. 그러고 나서 그분은 피곤하니 차를 마시자며 '대학 찻집'으로 가는 게 어떻겠냐고 하셨어요. 캠퍼스를 벗어나자마자 소나무 오솔길 바로 옆에 있는 곳이에요. 저는 줄리아와 샐리에게 돌아가 봐야 한다고 말했지만, 그분은 조카딸이 차를 마시게 하고 싶지 않다고 했어요. 차를 많이 마시면 신경질적으로 된다나요. 그래서 그냥 우리 둘만 곧장 그곳으로 가서 발코니에 있는 조그마한 근사한 테이블에 앉아 차를 마시며 머핀과 마멀레이드와 아이스크림과 케이크도 먹었어요. 찻집에는 때마침 사람이 별로 없었어요. 월말이라 다들 용돈이 바닥나는 때거든요.

정말 즐거운 시간이었어요! 하지만 학교로 돌아왔을 땐 기차 시간이 얼마 남지 않아 그분은 줄리아는 거의 보는 둥 마는 둥 하고 떠나셨어요. 줄리아는 제가 자기 삼촌을 가로챘다며 몹시 화를 냈어요. 그분이 대단한 부자에다 멋진 삼촌이어서 그런가 봐요. 그분이 부자이신 걸 알고 나자 제 마음이 놓였어요. 찻집에서 먹은 게 각자 60센트씩이나 됐거든요.

오늘 아침(지금은 월요일이에요.)에 줄리아와 샐리, 그리고 저 앞으로 초콜릿 세 상자가 속달로 배달되었어요. 어떻게 생각하세요? 제가 남자에게서 초콜릿을 받았다는 사실을요!

이제 저도 더 이상 고아가 아니라 숙녀가 된 기분이 들었어요.

언젠가 아저씨도 오셔서 저와 함께 차를 마실 기회가 있다면 좋겠어요. 아저씨도 제가 좋아할 수 있는 분인지 알고 싶어요. 만에 하나 아저씨를 좋아하는 마음이 생기지 않는다면 그건 너무 끔찍한 일이 될 거예요. 하지만 저는 아저씨를 좋아하게 되리란 걸 알아요.

좋아요! 아저씨께 인사를 올립니다.

'절대로 아저씨를 잊지 않을게요.'
주디 올림

추신. 오늘 아침에 거울을 보니 전에 못 보던 보조개가 새로 생겨나 있네요. 정말 희한한 일이에요. 이게 어떻게 해서 생긴 걸까요?

◦◦◦

6월 9일

키다리 아저씨께

오늘은 정말 기쁜 날이에요! 방금 마지막 과목인 생리학 시험을 치고 나왔어요.

그리고 이제……

석 달 간의 농장 생활이 저를 기다리고 있어요!

저는 농장이 어떤 곳인지도 모른답니다. 지금까지 한 번도 농장이란 곳을 가 본 적이 없거든요. 심지어 본 적도 없어요. (차창 밖으로 본 건 빼고요.) 그렇지만 농장을 무척 좋아하게 될 거란 건 알아요. 그리고 자유를 만끽하는 생활을 즐기게 될 거라는 것도요.

저는 아직도 존 그리어 고아원을 벗어난 것이 실감이 나지 않을 때가 있어요. 그런 생각이 들 때마다 등골이 오싹해지곤 해요. 리펫 원장님이 팔을 뻗어 나를 잡으려고 뒤쫓아 오고 있는 건 않을까 하고 계속 뒤를 돌아보며 더 빨리 더 빨리 달아나야만 할 것 같은 기분이 들거든요.

이번 여름엔 그 누구도 신경 쓰지 않아도 되겠지요?

이름밖엔 모르는 아저씨의 눈치를 보느라 부담스럽지는 않아요. 너무나 멀리 계셔서 저에게 아무런 걸림돌도 되진 못하시니까요. 리펫 원장님은 저에게 있어 앞으로 영원히 죽은 것과 다름

없고요. 셈플 씨 부부가 제 품행을 관찰하기로 한 건 아니겠지요? 그래요. 아닐 거예요. 저는 다 자란 성인이니까요. 만세!

이만 줄이고 짐가방을 싸야겠어요. 찻주전자와 접시, 소파 쿠션과 책이 세 상자나 되거든요.

아저씨의 영원한

주디 올림

추신. 생리학 시험 문제도 같이 보내드릴게요. 아저씨라면 시험에 통과할 수 있을 것 같으세요?

✁

록 윌로우 농장에서

토요일 밤에

사랑하는 키다리 아저씨께

이제 막 도착한 터라 아직 짐은 풀지 못했습니다. 하지만 농장이 얼마나 맘에 드는지 아저씨께 당장 말씀드리지 않고는 견딜 수 없을 것 같아요. 이곳은 정말이지 천국 같은 곳이에요!

집은 여기 그린 것처럼 사각형으로 생겼어요. 그리고 오래되었습니다. 백 년은 족히 지났을 것 같아요. 그림에선 보이지 않는 방향에 베란다가 있고 앞쪽에는 멋스러운 현관이 있어요. 그림으로는 실제 모습을 비슷하게 담아낼 수가 없네요. 깃털 먼지떨이처럼 생긴 것은 단풍나무들이고, 차도 가장자리에 있는 뾰족뾰족한 것들은 바람에 스쳐 소리를 내고 있는 소나무와 솔송나무예요. 집이 산마루에 자리 잡고 있어서 수 킬로미터에 이르는 푸른 초원 너머 또 다른 산등성이들이 이어져 뻗어나가는 광경까지 굽어볼 수 있답니다.

코네티컷 주의 지형은 이런 식으로 생겼어요. 산등성이가 물결치듯 줄 지어 서 있지요. 록 윌로우 농장은 그 물결들 중 한 꼭대기 위에 있어요. 예전엔 길 건너편에 서 있던 헛간들 때문에 전망이 가려졌었는데, 친절하게도 하늘에서 번개가 내려치는 바람에 모두 불타버렸대요.

여기엔 셈플 씨 부부와 여자 일꾼 한 명, 그리고 남자 일꾼 두명이 함께 지내고 있어요. 일하는 분들은 부엌에서 식사를 하고 셈플 씨 부부와 저는 식당에서 식사를 해요. 저녁으로 햄과 달걀과 비스킷, 그리고 꿀과 젤리 케이크와 파이, 피클과 치즈를 먹고 차도 마셨답니다. 그리고 대화도 많이 나누었어요. 이제껏 살아오면서 이토록 즐거웠던 적은 없었어요. 제가 말하는 것은 무엇이든 재미가 있나 봐요. 아무래도 제가 한 번도 시골에 와 본 적이 없어서 제가 묻는 것들이 하나같이 무지해 보였기 때문일 거예요.

x자로 표시한 방은 살인이 일어난 장소가 아니라 제가 묵고 있는 방이에요. 아름답고 고풍스러운 가구가 있는 넓고 네모난 방인데 아무도 쓰지 않고 있어요. 창문은 나무 막대기로 받쳐야 하고 금색으로 가장자리 장식이 되어 있는 초록색 차양은 건드리기만 해도 툭 떨어져요. 마호가니로 만든 커다란 사각 테이블이 있는데 저는 이번 여름 내내 그 위에 팔꿈치를 얹고 소설을 쓸 생각이에요.

아저씨, 정말 신나요! 이곳저곳 둘러보고 싶어 날이 밝을 때까지 못 기다릴 것 같아요. 지금은 저녁 8시 30분이고 이제 막 촛불을 끄고 잠을 청해보려고 하고 있어요. 여기서는 새벽 다섯 시에 일어나거든요. 아저씨도 이런 재미를 느껴본 적이 있으신가요?

저는 지금의 주디가 그동안 제가 알던 주디가 맞는지 도무지 믿겨지지 않아요. 아저씨와 하느님께서 제게 과분한 것들을 베풀어 주셨어요. 정말정말 정말로 좋은 사람이 되어 은혜에 보답하겠습니다. 꼭 그럴 거예요. 지켜봐주세요.

안녕히 주무시길 빌며
주디 드림.

추신. 아저씨도 개구리들이 노래하고 새끼 돼지들이 우는 소리를 들어보시면 좋을 텐데요. 그리고 저 초승달을 아저씨께도 보여드리고 싶어요! 제 오른쪽 어깨 너머로 초승달이 보인답니다.

⌒

록 윌로우 농장에서
6월 12일
키다리 아저씨께

아저씨의 비서가 어떻게 록 윌로우 농장에 대해 알게 되었을까요? (이번에는 글에 기교를 부리려고 쓴 게 아니에요. 정말로 알고 싶어서예요.) 제가 궁금해 하는 이유는 바로 이것이에요. 저비스 펜들턴 씨가 예전에 이 농장의 주인이었는데 자신의 유모였던 셈플 부인에게 농장을 준 거래요. 이렇게 기가 막힌 우연의 일치를 보신 적이 있으세요? 셈플 부인은 아직도 저비스 씨를 '저비 도련님'이라고 부르고 예전에 얼마나 귀여운 소년이었는지 늘 말씀하세요. 부인은 그분이 아기였을 때 자른 곱슬곱슬한 머리카락을 아직도 상자에 넣어 보관하고 있는데 빨간색까지는 아니어도 불그스름한 빛이 감도는 머리카락이에요.

부인은 제가 그분을 안다는 걸 안 후로 저를 대단한 사람으로 생각하기 시작했어요. 펜들턴 가문의 사람을 안다는 것은 록 윌로우에서 최고의 소개장인 것 같아요. 그리고 펜들턴 가문 중에서도 최고의 핵심인사는 바로 저비 도련님이에요. 줄리아가 별로 인기가 없는 축에 속한다니 듣던 중 반가운 일이네요.

농장 생활이 점점 더 재미있어집니다. 어제는 건초 더미를 실어 나르는 마차도 타보았어요. 이곳에 어미 돼지 세 마리와 새끼 돼지 아홉 마리가 있는데 아저씨도 이 녀석들이 먹는 걸 한 번 보셔야 해요. 정말 돼지같이 먹는다니까요! 닭과 오리, 칠면조와 뿔닭도 무지 많아요. 농장에서 살 수도 있는 사람이 굳이 도시에서 산다면 정말 제정신이 아닌 사람일 거예요.

달걀을 모아오는 게 저의 일과입니다. 어제는 검은 암탉이 숨겨둔 둥지로 기어가려다 헛간 다락에 있는 대들보에서 떨어졌어요. 셈플 부인은 무릎이 까진 채 돌아온 저를 보더니 풍년화 잎사귀로 상처를 묶어 주시면서 내내 "저런! 저런! 저비 도련님이 바로 그 대들보에서 떨어져서 똑같이 무릎이 까졌던 게 바로 엊그제 같은데."라고 중얼거리셨어요.

이곳 풍경은 더할 나위 없이 아름답습니다. 계곡과 강물이 있고 숲이 우거진 언덕이 있고 조금 떨어진 곳에는 마치 입안에서 살살 녹을 것만 같은 푸른 산이 높이 솟아 있어요.

이곳에서는 일주일에 두 번은 버터를 만듭니다. 돌로 지은 저장고에 크림을 보관하는데 저장고 아래에는 시냇물이 흘러요. 이 부근에 사는 농부들 중 더러는 분리기를 가지고 있기도 하지만, 셈플 씨네는 이런 새로운 방식은 좋아하지 않으세요. 냄비를 가지고 크림을 분리하는 것이 더 수고스럽긴 하지만 그럴 만한 가치가 있는 일이라고 생각하시거든요. 농장에는 송아지 여섯 마리가 있습니다. 제가 한 마리 한 마리 각각 이름을 붙여주었어요.

1. 실비아 : 숲에서 태어났으니까요.

2. 레스비아 : 카툴루스(기원전 1세기 로마의 시인- 옮긴이) 시에 나오는 레스비아(카툴루스의 애인)의 이름을 따서.

3. 샐리.

4. 줄리아 : 별 특징 없는 얼룩송아지.

5. 주디 : 제 이름을 따서.

6. 키다리 아저씨.

아저씨, 언짢으신 건 아니죠? 그 송아지는 순종 저지종인데다 가 성질도 순해요. 이렇게 생겼어요. 그 이름이 얼마나 잘 어울리 는지 아저씨도 아실 거예요.

아직은 불후의 명작을 집필할 시간이 없었어요. 농장 일로 몹 시 바쁘거든요.

아저씨의 영원한

주디 올림

추신. 도넛 만드는 법을 배웠어요.

추신 2. 닭을 기르실 계획이 있으시다면 버프 오핑턴을 추천합니다. 솜털이 하나도 없거든요.

추신 3. 어제 만든 맛있고 신선한 버터 한 덩어리를 아저씨께 드릴 수 있다면 얼마나 좋을까요. 저도 이제 솜씨 좋은 농장 아가씨가 다 되었거든요!

추신 4. 이 그림은 미래의 위대한 작가 제루샤 애벗 양이 젖소를 몰고 집으로 가는 그림이에요.

일요일

키다리 아저씨께

별 일이 다 있지 뭐예요?

이 편지는 어제 오후부터 쓰기 시작했던 건데, '키다리 아저씨
께' 라고 첫머리를 쓰던 순간 저녁에 먹을 검은 딸기를 따오겠다
고 한 약속이 생각나는 거예요. 그래서 저는 편지지를 테이블 위
에 놔두고 밖으로 나갔습니다. 그리고 오늘 다시 편지를 쓰려고
보니 편지지 한가운데에 뭔가가 앉아 있었는지 아세요? 진짜 *키
다리 아저씨가 있지 뭐예요! (원문의 Daddy-Long-Legs는 '키다리
아저씨'와 '장님거미' 라는 뜻도 있다. 여기에서 주디는 장님거미를 보며
키다리 아저씨를 떠올린 것임- 옮긴이)

저는 장님거미의 다리 하나를 집고 살포시 들어 올려 창밖으로
던졌어요. 앞으로 장님거미는 한 마리도 다치게 하고 싶지 않아

요. 장님거미를 보면 언제나 아저씨가 생각나거든요.

오늘 아침에는 짐마차를 타고 시내에 있는 교회로 갔어요. 뾰족탑이 있고 정면에 도리아식 기둥 세 개(어쩌면 이오니아식일지도 몰라요. 항상 둘이 헷갈린다니까요.)가 서 있는 작고 아담한 흰색 건물이에요.

잠을 부르는 잔잔한 설교에 사람들은 다들 종려나무 잎으로 부채를 부치며 꾸벅꾸벅 졸았고, 목사님이 설교하시는 소리 외에 들리는 거라곤 예배당 밖 나무에서 매미가 우는 소리 뿐이었어요. 저는 내내 졸다가 찬송가를 부르러 일어날 때에야 정신을 차리고는 설교를 듣지 않은 것이 몹시 죄송스러웠어요. 그래서 이런 찬송가를 고른 사람의 심리상태를 좀 더 알고 싶어졌나 봐요. 가사는 이랬어요.

> 오라, 세상의 즐거움을 버리고
> 나와 천상의 환희를 함께 하라.
> 그렇지 않으면 친구여, 긴 이별만 있을 뿐.
> 네가 지옥으로 빠지도록 그냥 내버려두리.

셈플 씨 부부와 종교에 대해 이야기하는 건 신중하지 못한 일이라는 걸 알게 되었어요. 그분들의 하나님(오래전 청교도인 조상들로부터 고스란히 물려받은)은 편협하고 비이성적인데다 불공평하고 비열하고 적개심이 가득한 고집불통이거든요. 누구에게서도 하나님을 물려받지 않아서 정말 다행이에요!

저는 제가 바라는 대로 하나님을 만들어낼 수 있어요. 그분은 친절하고 인정이 많은데다 상상력이 풍부하고 마음이 너그럽고 이해심이 많으세요. 게다가 유머 감각까지 갖추고 계신답니다.

저는 셈플 씨 부부를 무지무지 좋아해요. 그분들은 교리에 머물지 않고 실천하는 삶을 살고 있거든요. 그분들의 하나님보다도 훨씬 좋은 분들이에요. 제가 그렇게 말했더니 몹시 걱정스러운 얼굴을 하시지 뭐예요. 그분들은 제가 불경하다고 생각하시는 모양이에요. 하지만 제가 생각하기엔 오히려 그분들이 그래요! 어쨌든 우리는 종교 이야기는 더 이상 하지 않기로 했어요.

지금은 일요일 오후예요.

애머사이(남자 일꾼이에요)가 보랏빛 타이를 메고 밝은 노랑 사슴가죽 장갑을 끼고는 면도를 해서 빨개진 얼굴로 캐리(여자 일꾼이에요)와 함께 방금 마차를 타고 나갔어요. 캐리는 푸른색 모슬린 드레스 차림이었는데, 머리는 곱슬곱슬하게 말아서 빨간 장미로 테두리를 장식한 커다란 모자를 썼어요. 애머사이는 오전 내내 마차를 닦았고, 캐리는 식사준비를 해야 한다는 핑계로 교회에 가지 않고 집에 있었지만, 사실은 모슬린 드레스를 다림질하려고 그랬던 것이었어요.

이 편지를 다 쓰고 이 분 후엔 다락방에서 찾아낸 책을 읽을 거예요. 제목이 《길 위에서》라는 책인데 맨 앞장에 삐뚤빼뚤 우스꽝스러운 어린 남자애 글씨로 이런 말이 쓰여 있었어요.

저비스 펜들턴

이 책이 아무데나 돌아다니고 있으면

뺨을 한 대 때려서 집으로 돌려보내주세요.

저비스 씨가 열한 살 무렵에 아팠던 적이 있는데 그때 이곳에서 여름을 보냈대요. 그러다 《길 위에서》를 두고 간 모양이에요. 이 책을 꽤나 열심히 읽었나 봐요. 때 묻은 손자국들이 군데군데 보이네요!

그리고 다락방 한 구석에는 물레방아와 풍차, 그리고 활과 화살이 있어요. 셈플 부인이 저비 도련님 이야기를 하도 줄기차게 하시는 바람에 이젠 그분이 마치 여기에 살고 있는 것처럼 느껴져요. 실크해트를 쓰고 지팡이를 들고 있는 어른 저비스 펜들턴 씨가 아니라, 방충망을 열어젖힌 채 계단을 우당탕 뛰어다니며 언제나 쿠키를 달라고 조르고(셈플 부인이라면 분명 쿠키를 주었겠지요!) 꼬질꼬질한데다 머리가 헝클어진 귀여운 저비 도련님 말이에요. 저비 도련님은 모험심 많고 용감하며 정직한 꼬마였나 봐요. 그분이 펜들턴 집안사람이라니 안타깝네요. 좀 더 나은 가문이 어울릴 텐데 말이에요.

내일부턴 귀리 타작을 시작할 거예요. 탈곡기도 오고 일꾼도 세 명 더 올 거래요.

버터컵(뿔이 하나만 있는 얼룩소이자 레스비아의 엄마예요.)이 저지른 부끄러운 일에 관해 말씀드리게 되어 마음이 아프네요. 버터

컵이 금요일 오후에 과수원으로 들어가 나무 밑에 떨어진 사과를 엄청나게 먹어댔거든요. 목구멍까지 가득 찰 때까지 먹고 또 먹었어요. 그러고는 꼬박 이틀 동안이나 곯아떨어져 있었어요! 사실이에요. 이렇게 불명예스러운 이야기를 들어보신 적 있으세요?

아저씨의
사랑스러운 고아로 남고 싶은
주디 애벗 올림

추신. 제1장은 인디언들 이야기이고 제2장은 노상강도 이야기예요. 너무 재미있어서 숨을 죽이고 보고 있어요. 제3장은 무슨 이야기일까요? '붉은 매가 공중에서 20 피트나 솟구쳐 오르더니 아래로 추락했다.' 책표지에 나오는 삽화의 제목이에요.

주디와 저비가 정말 신나 보이지요?

❧

9월 15일
사랑하는 아저씨께

어제 사거리에 있는 잡화점에서 밀가루 저울에 올라가 몸무게를 재어 보았어요. 4킬로그램이나 는 거 있죠! 록 윌로우를 건강

휴양지로 추천합니다.

아저씨의 영원한

주디 올림

9월 25일

키다리 아저씨께

제가 드디어 2학년이 되었어요! 지난 금요일부터 새 학기가 시
작되었습니다. 록 윌로우를 떠나는 건 아쉬웠지만 교정을 다시

보게 되어 기뻤답니다. 친숙한 곳에 돌아온다는 건 정말 기분 좋은 일이네요. 학교가 집처럼 편안해지기 시작했고 무엇이든 제가 알아서 해내고 있어요. 누군가의 허락을 받고 세상에 몰래 들어온 게 아니라 진짜로 세상의 일원이 된 것처럼 이젠 온 세상이 집처럼 편안하게 느껴지기 시작하네요.

제가 하려는 말이 무슨 뜻인지 아저씨는 전혀 감이 오지 않으실 거예요. 평의원이 될 수 있을 만큼 중요한 사람은 고아처럼 별볼일 없는 사람의 기분을 이해할 수 없을 테니까요.

아저씨, 제 이야기 좀 들어 보세요. 제가 누구랑 방을 같이 쓰게 되었는지 아세요? 샐리 맥브라이드와 줄리아 러틀리지 펜들턴이에요. 진짜에요. 작은 침실 세 개에 공부방 하나가 딸린 방에서 지내게 되었어요. 자, 보세요!

샐리와 저는 지난봄에 방을 함께 쓰기로 약속했는데, 줄리아도 샐리와 같이 지내기로 약속했다는 거예요. 전혀 상상이 되지 않아요. 둘은 서로 조금도 닮은 점이 없으니 말이에요. 하지만 펜들턴 집안은 천성이 보수적이라 변화에는 적대적(멋진 단어지요!)인가 봐요. 어쨌든 그렇게 되었어요. 얼마 전까지만 해도 존 그리어 고아원에서 살던 제루샤 애벗이 펜들턴 집안 아이와 같은 방을 쓴다고 생각해 보세요. 이 나라가 민주국가인 게 분명하네요.

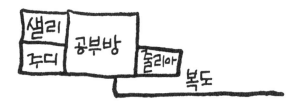

샐리는 과대표 선거에 출마했는데 별일이 없는 한 당선될 것 같아요. 이렇게 계략과 술수가 난무하는 분위기를 보시면 아저씨도 우리가 얼마나 대단한 정치꾼인지 아시게 될 거예요! 아 참, 아저씨께 드릴 말씀이 있어요. 저희 여성들이 선거권을 갖게 되면 남성들은 눈을 부릅뜨고 자신의 권리를 지켜야 할걸요.(이 작품이 출간된 1912년 당시 미국 여성에겐 선거권이 없었다. 이 작품은 1920년에 미국에서 여성이 선거권을 가지게 된 계기가 되기도 했다. ─옮긴이) 선거는 다음 주 토요일에 있을 건데 누가 당선이 되든 상관없이 저녁에는 횃불을 들고 행진을 하기로 했어요.

화학을 배우기 시작했는데 제일 생소한 분야예요. 예전엔 이런 과목이 있다는 것도 몰랐네요. 지금은 분자와 원자를 공부하는 데 심혈을 기울이고 있지만, 다음 달이면 좀 더 자세히 토론할 경지에 오를 것 같아요.

논증법과 논리학도 듣고 있어요.

세계사도 듣고 있고요.

윌리엄 셰익스피어의 희곡도 배우고 있어요.

프랑스어도요.

이런 식으로 몇 년 더 공부하면, 저도 꽤 지성적인 사람이 되겠지요.

프랑스어보다는 경제학을 신청했어야 했는데 그러지 못했어요. 프랑스어를 재수강하지 않으면 교수님이 저를 통과시켜 주지 않을까봐서요. 사실 6월 시험도 겨우 통과했거든요. 하지만 그건 고등학교 때 공부가 충분한 뒷받침이 되지 못하기 때문일 거예요.

같이 수업을 듣는 학생 중에 프랑스어로 영어만큼이나 빨리 재잘대는 아이가 있어요. 어린아이였을 때 부모님을 따라 외국으로 가서 수녀원 부속학교를 3년 동안 다녔다고 해요. 다른 학생들과 비교했을 때 얼마나 똑똑할지 상상이 되실 거예요. 불규칙 동사들을 마음대로 가지고 놀 정도라니까요. 저희 부모님도 제가 어렸을 때 고아원 대신에 프랑스 수녀원 부속학교 같은 곳에 버리셨다면 얼마나 좋았을까요. 앗! 아니에요! 그랬더라면 저는 아저씨를 알지도 못했겠지요. 프랑스어를 잘 하는 것보단 아저씨를 만나게 된 것이 더 좋아요.

아저씨, 이만 줄일게요. 이제 해리엇 마틴을 만나러 가 봐야 하거든요. 가서 화학에 관해 이야기를 좀 나누다가 차기 과대표에 대한 이야기를 슬쩍 꺼내 봐야겠어요.

정치에 푹 빠진,
아저씨의 J. 애벗 올림

10월 17일

키다리 아저씨께

체육관에 있는 수영장에 레몬 젤리가 가득 차 있다면, 그 속에서 수영을 하려는 사람은 떠 있을 수 있을까요 아니면 가라앉을까요?

디저트로 레몬 젤리를 먹고 있었는데 이런 의문이 불쑥 들지 뭐예요. 우리는 이 문제에 관해 삼십 분 동안이나 열띤 토론을 벌였지만 아직도 결론을 내리지 못했어요. 샐리는 그 속에서 수영을 할 수 있다고 생각하지만, 저는 세계 최고의 수영선수라도 가라앉을 거라고 확신해요. 레몬 젤리에 빠져 익사하게 된다면 정말 어처구니없는 일이겠지요?

식사시간에 그것 말고도 저희의 관심을 끈 문제가 두 가지 더 있어요.

첫째, 팔각형으로 된 집 안에 있는 방은 어떤 모양일까? 몇몇 아이들은 정사각형이라고 주장했지만, 저는 파이 조각처럼 생겨야 된다고 생각해요. 그렇게 생각하지 않으세요 아저씨?

둘째, 거울로 둘러싸인 커다란 구멍이 있고 그 속에 사람이 앉아 있다면, 얼굴이 비치는 것이 끝나고 등이 비치기 시작하는 지점은 어디가 될까? 이 문제는 생각하면 할수록 점점 더 헷갈린다니까요. 저희가 얼마나 깊은 철학적 성찰을 하며 여가시간을 보내는지 아시겠죠!

참, 선거에 대해 말씀 드렸었나요? 선거는 삼 주 전에 치렀는데 하도 바쁘게 지냈더니 삼 주 전 일이 까마득한 옛일처럼 느껴지네요. 샐리가 당선됐고, 저희는 '맥브라이드 만세'라고 쓴 현수막을 들고 횃불 행진을 했어요. 열네 명의 악단도 있었답니다. (세 명은 하모니카를, 열한 명은 머리빗을 들고 있었지요.)(머리빗에 비닐이나 티슈를 덮으면 떨림판 역할을 하여 하모니카처럼 불 수 있음 – 옮긴이)

'258'호에 사는 저희들은 유명 인사가 되었답니다. 줄리아와 저도 엄청난 후광 효과를 누리게 되었어요. 과대표와 같은 방에 살고 있다는 것 자체로도 사교적 부담감이 따르네요.

안녕히 주무세요, 아저씨.

감사와 많은 존경을 담아

아저씨의 주디 올림

⁓

11월 12일

키다리 아저씨께

어제 농구 시합에서 신입생을 이겼어요. 물론 기뻤지만, 3학년을 이길 수만 있다면 얼마나 좋을까요! 그럴 수만 있다면 온몸에 시퍼렇게 멍이 들어 일주일 내내 풍년화 찜질을 하며 침대 신세를 져야 하더라도 기꺼이 그럴 수 있을 거예요.

샐리가 크리스마스 휴가를 함께 보내자며 저를 초대했어요. 샐리는 매사추세츠 주 우스터에 살아요. 정말 다정한 아이지요? 저도 정말 가고 싶어요. 태어나서 한 번도 일반 가정집에 가본 적이 없거든요. 록 윌로우 농장은 제외하고요. 셈플 씨 부부는 어른이고 연세도 많으시니 포함하지 않으려고요. 하지만 맥브라이드 집안에는 애들이 가득하고(어쨌거나 두세 명은 있겠죠) 어머니와 아버지, 할머니와 앙고라 고양이까지 있다고 해요. 정말 완벽한 가정이지요! 짐가방을 꾸려 멀리 떠나는 것이 기숙사에 남아 있는 것보다 훨씬 신나는 일이에요. 저는 지금 잔뜩 기대에 부풀어 있답니다.

이제 7교시예요. 연극 리허설을 하러 뛰어가야 해요. 추수감사절 연극에 나가게 되었거든요. 노란 곱슬머리에 벨벳 상의를 입은 탑에 사는 왕자 역할이에요. 재미있겠지요?

아저씨의

J.A. 올림

토요일

제가 어떻게 생겼는지 궁금하지 않으세요? 레오노라 팬턴이 저희 셋을 찍은 사진을 보내드릴게요. 해맑게 웃고 있는 아이가 샐리고, 키가 크고 콧대가 하늘을 찌를 듯한 아이가 줄리아에요. 그리고 바람에 날리는 머리카락이 얼굴을 스치고 있는 키 작은 아이가 주디에요. 원래는 더 예쁜데 햇빛에 눈이 부셔서 사진이 이렇게 나온 거예요.

꧁

매사추세츠 우스터의 '스톤 게이트'에서

12월 31일

키다리 아저씨께

크리스마스 선물로 수표를 보내 주셔서 감사하다고 진작 편지를 쓰려고 했는데, 맥브라이드 가족과 함께 지내는 시간이 어찌나 즐거웠던지, 책상 앞에 단 2분도 앉아 있을 겨를이 없었어요.

새 옷을 한 벌 샀어요. 꼭 필요한 건 아니었지만 그냥 갖고 싶은 것이었어요. 올해 제가 받은 크리스마스 선물은 아저씨한테서 받은 게 전부예요. 저희 가족은 그저 사랑만 보내왔네요.

저는 샐리네 집에 와서 최고로 근사한 휴가를 보내고 있어요. 샐리네 집은 흰색 테두리가 있는 고풍스럽고 큰 벽돌집인데 길거리와는 약간 떨어져 있어요. 존 그리어 고아원에 살았을 적에 호기심을 잔뜩 가지고서 그 안은 어떻게 생겼을까 궁금해 하며 바라보곤 했던 바로 그런 집이에요. 제 눈으로 직접 보게 되리라곤 꿈도 꾸지 않았는데, 지금 제가 이 안에 들어와 있어요! 모든 게 내 집처럼 무척 편안하고 아늑해요. 저는 이 방 저 방을 다니면서 집안 구경에 흠뻑 빠졌답니다.

어린아이들이 자라기에 더할 나위 없이 완벽한 집이에요. 어두컴컴한 구석이 많아 숨바꼭질하기에 안성맞춤이지요. 팝콘을 해

먹을 수 있는 벽난로가 있지요, 게다가 비오는 날에도 뛰어놀 수 있는 다락방이 있고, 계단 난간 끝에는 동글납작한 장식이 붙어 있어 미끄럼 타기에 좋아요. 부엌은 햇볕이 잘 들고 엄청나게 큰 데다 마음씨 좋고 쾌활한 뚱보 요리사가 13년째 가족과 함께 살면서 아이들에게 구워 줄 빵 반죽을 항상 조금씩 따로 남겨 놓아요. 이런 집을 구경하고 있노라니 어린아이로 다시 돌아가고 싶어지네요.

가족들은 또 어떻고요! 저는 그분들이 이렇게나 다정하리라곤 상상도 못했어요. 샐리에겐 아버지, 어머니, 할머니가 계시고 곱슬곱슬한 머리에 사랑스러운 세 살 난 여동생과 발 씻는 걸 항상 깜빡하는 남동생, 그리고 프린스턴 대학 3학년에 재학 중인 키 크고 잘생긴 지미 오빠가 있어요.

우리는 식사할 때마다 정말 즐거운 시간을 보낸답니다. 모두 한꺼번에 웃고 농담하고 이야기해요. 여기서는 식사하기 전에 기도를 하지 않아도 돼요. 한 입 먹을 때마다 누군가에게 감사하지 않아도 되어 마음이 편하답니다. (제가 감히 불경한 말을 했네요. 하지만 저처럼 의무적으로 감사를 해야만 했다면 아저씨도 마찬가지 심정이었을 거예요.)

이곳에서 많은 일들이 있었어요. 무엇부터 말씀드려야 할지 모를 정도예요. 맥브라이드 씨는 공장의 사장님인데, 이번 크리스마스이브에 직원 자녀들을 위해 트리를 준비했어요. 크리스마스 트리는 상록수와 호랑가시나무로 장식한 기다란 포장실에 세웠어요. 지미 맥브라이드는 산타클로스 복장을 했고 샐리와 저는 지미를 도와 선물을 나누어 주었어요.

아저씨, 그런데 기분이 참 묘했어요! 제가 마치 존 그리어 고아원의 평의원님처럼 자선을 베푸는 사람이 된 기분이었어요. 저는 사탕이 끈적끈적하게 묻은 귀여운 남자아이에게 입을 맞추었어요. 하지만 평의원님들처럼 머리를 쓰다듬어 주지는 않았어요.

그리고 크리스마스 이틀 뒤엔 샐리네 가족들이 저를 위해 집에서 무도회를 열어주셨어요.

난생 처음 진짜 무도회에 참석했어요. 대학 무도회에서는 여자애들과 춤을 추니까 그건 제외하고 말이에요. 저는 새로 산 흰색 이브닝드레스를 입고(아저씨가 크리스마스 선물로 주신 것 말이에요. 정말 감사합니다.) 기다란 흰색 장갑을 끼고 하얀 공단 실내화를 신었어요. 딱 한 가지만 더 있었더라면 완벽하게 행복했을 텐데, 그건 바로 리펫 원장님이 제가 지미 맥브라이드와 맨 앞에 서서 코티용 춤(줄곧 상대를 바꾸는 활발한 프랑스 춤 – 옮긴이)을 추는 것을 보지 못했다는 거예요. 다음에 존 그리어 고아원에 가시게 되면 원장 선생님께 꼭 말씀해주세요.

아저씨의 영원한

주디 애벗 올림

추신. 제가 만일 결국에는 위대한 작가가 되지 못하고 그저 평범한 여자애로 머문다면 아저씨는 몹시 실망하시겠지요?

❦

토요일 6시 30분

아저씨께

오늘 저희가 시내로 걸어가고 있었는데, 세상에나! 비가 어찌나 쏟아져 내리던지요. 겨울에는 겨울답게 비가 아니라 눈이 내렸으면 좋겠어요.

오늘 오후엔 줄리아의 멋진 삼촌이 다시 이곳을 방문하셨어요. 그리고 초콜릿을 엄청 많이 사 오신 거 있지요. 줄리아와 함께 사니 좋은 점도 있네요.

저희가 천진난만하게 재잘대는 게 재미있었는지 공부방에서 함께 차를 마시려고 기차 시간을 다음 것으로 미루셨어요. 그분이 들어오시도록 허가를 받느라 얼마나 힘들었는지 몰라요. 아버지와 할아버지가 들어오는 것도 힘든데 삼촌은 오죽하겠어요. 남자 형제들과 사촌들은 거의 불가능하다고 봐야겠지요. 줄리아는 공증인 앞에서 그분이 자기 삼촌인 걸 선서하고 군 서기의 증명서까지 제출해야만 했어요. (제가 법에 대해서 제법 잘 알지요?) 학장님이 저비스 삼촌이 얼마나 젊고 잘생겼는지를 봤다면 그렇게

까지 하고도 차를 마시지 못했을 거라는 생각이 드네요.

어쨌든 우린 함께 차를 마셨답니다. 갈색 빵과 스위스 치즈로 만든 샌드위치도 곁들여서요. 그분도 같이 만들었는데 네 조각이나 드셨어요. 저는 그분께 지난여름 록 윌로우 농장에서 지냈다고 말씀드렸고, 우리는 셈플 씨 부부와 말과 암소와 닭에 대해 재미난 이야기를 나누었어요. 그분이 알고 있던 말들은 그로버만 빼고 다 죽었어요. 그분이 마지막으로 농장에 갔을 때 망아지였던 그로버는 이젠 나이가 많이 들어 절뚝거리며 풀도 겨우 뜯고 있어요.

그분은 아직도 도넛을 파란 뚜껑이 달린 노란 항아리에 넣어 찬장 맨 아래 선반에 두느냐고 물었어요. 정말 그렇게 하고 있어요! 그리고 아직도 밤에 목장에 나가면 돌무더기 아래에 마멋이 파놓은 구멍이 보이냐고도 물었어요. 아직도 있답니다! 이번 여름에 애머사이가 크고 살찐 회색 마멋을 잡았는데 그 녀석은 저비 도련님이 어릴 적에 잡았던 마멋의 25대손쯤 되겠지요.

저는 그분의 면전에서 '저비 도련님'이라고 불렀는데, 기분이 상하신 것 같진 않았어요. 줄리아는 그분이 이토록 다정한 모습은 처음 봤대요. 평소엔 다가가기 어려운 분이라나요. 하지만 그도 그럴 것이 줄리아는 그런 방면엔 재주가 전혀 없어요. 남자를 대할 땐 요령이 많이 필요한데 말이에요. 남자들은 비위를 맞춰주면 좋아서 고양이처럼 가르랑거리고 비위에 거슬리면 으르렁대는 존재니까요. (썩 고상한 표현은 아니네요. 그냥 비유적으로 말해본 것뿐이에요.)

요즘은 바시키르체프의 일기를 읽고 있어요. 굉장하죠? 이 문장 한 번 보세요. '지난밤 나는 절망에 사로잡힌 채 구슬프게 신음하다 결국은 식당에 걸린 벽시계를 바다로 던져버리고 말았다.'

이 문장을 보고서 저는 제 자신이 천재가 아닌 게 천만다행이라고 생각했어요. 천재가 곁에 있으면 무지 피곤할 거예요. 가구도 다 망가뜨릴 거고요.

어이쿠! 비가 억수같이 퍼붓고 있네요. 오늘밤 예배당까지 헤엄쳐서 가야 할지도 모르겠어요.

아저씨의 영원한
주디 올림

1월 20일

키다리 아저씨께

혹시 요람에 있던 사랑스러운 어린 딸아이를 잃어버린 적 없으세요?

어쩌면 제가 그 아이일지도 몰라요! 우리가 소설 속 인물이라면, 이 부분이 대단원이 되겠지요?

자신이 누군지 모른다는 건 정말 서글픈 일이에요. 그런데 한편으론 흥분되고 낭만적이기도 해요. 아주 많은 가능성이 있으니까요. 어쩌면 저는 미국인이 아닐지도 몰라요. 미국인이 아닌 사람들도 많잖아요. 어쩌면 저는 고대 로마인의 직계 후손이거나, 바이킹의 딸일지도 몰라요. 아니면 추방된 러시아인의 딸이라서 시베리아 감옥에 있어야 마땅할지도 모르고요. 어쩌면 집시일지도 모르죠. 생각해보니 그럴 것도 같네요. 제가 방랑 기질이 좀 있거든요. 이때까지 그걸 발휘할 기회가 없었던 것뿐이에요.

아저씨는 혹시 저의 어린 시절에 있었던 수치스러운 사건에 대해 알고 계시나요? 쿠키를 훔친 죄로 벌을 받고는 고아원에서 달아났던 일 말이에요. 생활기록부에 쓰여 있었을 테니 평의원님들이라면 누구든지 보실 수 있었을 거예요. 하지만 아저씨, 정말 다른 도리가 있었겠어요? 배고픈 아홉 살짜리 꼬마 여자애한테 손닿을 곳에 쿠키 항아리가 있는 부엌에서 수저를 닦으라고 시켜놓고는 그 애 혼자 남겨 놨다고 생각해 보세요. 그리고 잠시 후에 갑자기 다시 나타났을 때 그 여자애 입가에 쿠키 부스러기가 묻어 있는 게 당연한 것 아니겠어요? 그런데 그 아이의 팔을 확 낚아채서는 뺨을 때리고, 후식으로 푸딩이 나오고 있는데 나가라고 하고 다른 원생들에게는 그 아이가 도둑질을 해서 이런 벌을 받는 거라고 말한다면, 아이가 달아나는 게 당연하지 않겠어요?

저는 겨우 6킬로미터밖에 도망치지 못했어요. 그곳에서 붙잡혀서 다시 고아원으로 끌려왔어요. 그리고 일주일 내내 다른 아이들이 밖으로 나와 노는 동안 말썽부리는 강아지처럼 뒷마당에 있는 말뚝에 묶여 있었어요.

이런! 예배 종이 울리네요. 예배가 끝나면 위원회 모임에도 가야 해요. 이번엔 정말 재미있는 편지를 쓰려고 했는데 죄송해요.

안녕히 계세요, 아저씨.

평안하시길!
주디 올림
(이탤릭체 부분은 주디가 독일어로 씀- 옮긴이)

추신. 한 가지는 확실하네요. 제가 중국인은 아니라는 것 말이에요.

2월 4일

키다리 아저씨께

지미 맥브라이드가 제 방 한쪽 벽을 다 덮을 만큼 커다란 프린스턴 대학교기를 보내 주었어요. 저를 기억해준 건 고마운 일이지만, 그걸로 도대체 뭘 하란 말인지 모르겠어요. 샐리와 줄리아는 그걸 벽에 걸지 못하게 할 거예요. 올해는 방을 붉은색으로 꾸몄거든요. 거기에다 오렌지와 검정을 더한다면 어떻게 될지 상상이 되실 거예요. 하지만 매우 부드럽고 따뜻하고 두툼한 펠트천으로 만든 거라서 그냥 내버려두기엔 아까워요. 그걸로 목욕 가운을 만들어 입으면 이상할까요? 제가 원래 입던 건 빨았더니 줄어들었거든요.

오전 6시

일찍 일어나는 새가
욕조를 먼저 차지하지요

요즘은 제가 뭘 배우고 있는지 통 말씀드리지 않았네요. 제 편지들만 봐서는 짐작이 안 되시겠지만, 저는 요즘 공부에 전념하고 있답니다. 다섯 과목을 한꺼번에 공부하려니 정신이 없네요.

화학 교수님은 이렇게 말씀하세요. "진정한 학자라면 세세한 부분까지도 주의를 기울여야 한다."

그런가 하면 역사 교수님은 이렇게 말씀하세요. "지엽적인 부분에만 매달리지 않도록 주의하세요. 시야를 멀리 두고 전체를 다 바라볼 수 있도록 하세요."

화학과 역사 사이에서 갈피를 잡느라 얼마나 고생일지 아시겠지요? 저는 역사 교수님의 방식이 좀 더 마음에 들어요. 제가 정복자 윌리엄이 1492년에 왔다고 말하거나, 콜럼버스가 아메리카 대륙을 발견한 때가 1100년이라고 하든 1066년 또는 언제라고 하든, 그런 지엽적인 부분에 대해서 교수님은 개의치 않으실 테니까요. 그래서인지 역사 수업시간에는 마음이 느긋하니 안심이 됩니다. 화학 시간엔 전혀 그렇지 못하거든요.

6교시 종이 울리네요. 실험실로 가서 산과 염기 그리고 알칼리 같은 사소한 물질들을 관찰해야 해요. 제 화학 실험복에 염산을 흘리는 바람에 접시만한 구멍이 났어요. 이론대로라면 강한 암모니아로 그 구멍을 중화시킬 수 있어야 하는 것 아닌가요?

시험이 다음 주로 다가왔어요. 하지만 겁은 나지 않습니다.

아저씨의 영원한

105

주디 올림

❧

3월 5일

키다리 아저씨께

3월의 바람이 불고, 하늘엔 검고 묵직한 구름이 떠다니고 있습니다. 소나무 숲에선 까마귀들이 시끄럽게 울어대고 있어요! 꼭 저를 부르는 것만 같은 생각이 자꾸 들어 마음도 들뜹니다. 책장을 덮고 언덕으로 올라가 바람과 경주라도 하고 싶어져요.

지난 토요일에는 질퍽질퍽한 시골길을 8킬로미터 넘게 뛰어다니며 여우사냥을 했어요. (한 사람이 종잇조각들을 흘리며 도망가면 다른 사람들이 그걸 보고 추적하는 놀이- 옮긴이) 여우들(색종이 조각을 잔뜩 든 세 여학생)이 스물일곱 명의 사냥꾼들보다 삼십 분 전에 출발했어요. 저는 스물일곱 명 중 하나였고요. 그 중 여덟 명은 중도에 포기하고 열아홉만 남게 되었어요. 여우의 흔적이 언덕을 넘어 옥수수 밭을 지나 늪에까지 이어져 있어서 우리는 발이 빠지지 않으려고 통통 뛰면서 그곳을 나왔어요. 물론 우리들 중 반정도는 발목까지 잠겨버렸지만요. 우리는 계속 흔적을 놓치는 바람에 늪에서 25분을 허비했어요. 그러다 숲을 지나 언덕 위로 올라갔더니 헛간 창문이 보이는 거예요! 헛간 문은 모조리 잠겨 있고 창문은 높은데다 아주 작았어요. 이건 공정하다곤 할 수 없는 일 아니에요?

하지만 우리는 안으로 들어가지 않고 헛간 주위를 돌다가 낮은 헛간 지붕에서 담을 타넘고 지나간 흔적을 발견했어요. 여우들은 우리를 헛간에 붙잡아 놓을 수 있을 거라 생각했겠지만, 그렇게 당하고 있을 우리가 아니었지요. 우리는 곧장 3킬로미터가 넘는 완만한 초원을 걸어갔어요. 색종이들이 점점 드문드문 보여서 따라가기 무척 힘겨웠지만요. 원래 규칙상 색종이 간격은 2미터를 넘지 않도록 되어 있는데, 그렇게 긴 2미터는 처음 봤네요. 두 시간이나 계속해서 걸어간 끝에, 결국 우리는 '여우님'들이 '크리스털 스프링'(여학생들이 썰매나 건초 마차를 타고 가서 주로 닭고기나 와플을 먹곤 하는 농가예요.)에 들어간 흔적을 찾아내고야 말았어요. 여우 세 명이 매우 만족해하며 우유와 꿀과 비스킷을 먹고 있었어요. 여우들은 우리가 그렇게나 멀리 쫓아올 줄을 생각도 못했던 거예요. 저희가 그때까지도 헛간 창문에 매달려 있을 거라고 여겼던 거지요.

두 쪽 다 서로 자기네가 이겼다고 우겼어요. 제 생각엔 우리 편이 이긴 것 같은데, 아저씨도 그렇게 생각하시죠? 왜냐하면 여우들이 캠퍼스로 돌아가기 전에 우리가 잡아냈으니까요. 어쨌든 우리 열아홉 명 모두는 메뚜기처럼 다닥다닥 자리에 붙어 앉아 꿀을 달라고 아우성쳤어요. 우리 모두가 먹기엔 양이 부족해서 크리스털 스프링 부인(우리가 아주머니에게 붙여준 애칭이에요. 진짜 이름은 존슨 부인이에요.)이 딸기잼 항아리와 지난주에 만든 메이플 시럽 한 통에다 갈색 빵 세 덩이를 가져다주었어요.

우리는 여섯 시 반이 되어서야 학교로 돌아왔어요. 저녁 식사 시간에 삼십 분이나 늦어버려 옷도 갈아입지 않고 곧장 식당으로 갔는데 아무리 먹어도 배가 안 차는 거예요! 우리 모두 저녁 예배에는 빠졌어요. 축축한 부츠가 충분한 변명거리가 되었거든요.

시험 이야기는 말씀 안 드렸지요? 전 과목 모두 가볍게 통과했어요. 이제 그 비결을 알겠어요. 이제 다시는 낙제를 하지 않을 거예요. 1학년 때 들었던 그 지긋지긋한 라틴어 산문과 기하학 때문에 우등으로 졸업하긴 틀렸지만 상관없어요. '그대만 행복하다면 무엇이 문제가 되오리까?' (영어 고전 시간에 읽은 인용문이에요.)

고전 이야기가 나왔으니 말인데요, 혹시 《햄릿》 읽어 보셨나요? 아직 안 읽어보셨다면 지금 당장 읽어 보세요. 정말 훌륭한 작품이거든요. 지금까지 셰익스피어에 대해서는 귀에 딱지가 앉도록 들어왔지만, 이 정도로 글을 잘 쓰는 사람인 줄은 전혀 몰랐어요. 순전히 명성 때문에 높이 평가되는 게 아닌가 하고 늘 의심했거든요.

제가 아주 오래 전 처음으로 글 읽기를 배웠을 때 생각해낸 흥미로운 놀이가 있어요. 매일 밤마다 제 자신을 그 당시 읽고 있는 책에 나오는 인물(가장 중요한 인물)이라고 생각하며 잠자리에 드는 거예요.

지금 저는 오필리아가 되었어요. 정말 현명한 오필리아 말이에요! 저는 언제나 햄릿을 즐겁게 해 주고, 어루만져 주기도 하고 때로는 잔소리도 하고 감기에 걸리면 목에 찜질을 해 주기도 하지요. 저는 햄릿의 우울증도 완전히 고쳐 주었답니다. 왕과 왕비는 두 분 다 돌아가셨어요. 바다에서 사고를 당하셨거든요. 장례식을 치를 필요가 없었어요. 그래서 햄릿과 저는 누구의 간섭도 없이 덴마크를 다스리고 있어요. 우리는 왕국을 훌륭하게 이끌어 가고 있답니다.

햄릿은 국정을 돌보고 저는 자선 사업에 힘쓰고 있어요. 저는 이제 막 최고의 고아원을 몇 군데 설립했어요. 아저씨나 다른 평의원님들 중 누구라도 그 곳을 방문하고 싶으시다면, 제가 안내해 드릴게요. 아저씨께서 좋은 조언을 많이 해 주실 수 있을 거예요.

언제나 자비로운

아저씨의

덴마크 여왕

오필리아 올림

3월 24일 (어쩌면 25일일지도 몰라요.)

키다리 아저씨께

저는 아무래도 천국에 갈 수 없을 것 같아요. 이 세상에서 이렇게 좋은 일들을 많이 겪었는데, 죽고 나서도 천국에 간다면 그건 공평하지 못한 일이잖아요.

무슨 일이 있었는지 이제 말씀드릴게요.

제루샤 애벗이 교지 '먼슬리'에서 해마다 주최하는 상금 25달러짜리 단편소설 공모전에 당선됐어요. 더구나 2학년인 제가 말이에요! 응모자의 대다수가 4학년들이거든요. 제 이름이 붙은 걸 보고서도, 꿈인지 생신지 믿을 수가 없었어요. 결국 제가 작가가 되긴 하려나 봐요. 리펫 원장님이 그런 보잘것없는 이름만 지어 주지 않았더라도 좋았을 텐데. 시시한 여류 작가가 될 이름이라고 생각하지 않으세요?

그리고 봄에 열리는 연극제에 배우로 뽑혔어요. 작품은 '뜻대로 하세요'예요. 저는 로잘린드의 사촌 실리아 역을 맡았어요.

마지막으로 저는 다음 주 금요일에 줄리아와 샐리와 함께 뉴욕으로 가기로 했어요. 그곳에서 새 봄맞이 쇼핑을 하고 밤을 보내고 난 뒤, 다음 날에는 '저비 도련님'과 함께 극장에 갈 거예요. 그 분이 저희를 초대했거든요. 줄리아는 자기 집에서 가족들과 머물겠지만, 샐리와 저는 '마사 워싱턴 호텔'에서 묵을 거예요. 이렇게 신나는 일이 또 있을까요? 저는 이때까지 호텔에 가본 적도 없거니와 극장에 가본 적도 없어요. 성당에서 축제를 열어 고아들을 초대했을 때 가본 적은 있지만, 그건 진짜 연극도 아니었으니까 그건 뺄게요.

그렇다면 저희가 뭘 보러 갈 것 같으세요? 햄릿이에요. 생각만 해도 가슴이 뛰어요! 셰익스피어 시간에 4주 동안이나 공부를 해서 이젠 눈 감고도 알 수 있을 정도거든요.

앞으로 벌어질 이런 일들을 생각하면 너무나 기분이 들떠 잠도 오지 않아요.

안녕히 계세요, 아저씨.

정말 즐거운 세상이에요.

아저씨의 영원한

주디 올림

추신. 방금 달력을 봤는데 28일이네요.

추신 하나 더 추가. 오늘 전차를 탔는데 차장의 눈이 한쪽은 갈색이고 한쪽은 파란색이었어요. 탐정 소설에 나오는 범인 역할에 알맞을 것 같지 않으세요?

4월 7일

키다리 아저씨께

우와! 뉴욕은 정말 큰 곳이에요! 우스터는 거기에 비하면 아무
것도 아니에요. 아저씨가 그렇게 혼잡한 곳에서 살고 계신다는
게 사실이에요? 그곳에서 보낸 이틀 동안 얼마나 많이 놀랐던지,
회복하려면 족히 네 달은 걸리겠어요. 제가 봤던 놀라운 일들 중
무엇부터 말씀드려야 할지도 모르겠어요. 물론 아저씨는 그곳에
사시니까 잘 아실 테지만요.

그래도 거리의 풍경이 재미있지 않으세요? 사람들은요? 가게
들은요? 저는 가게 진열창 너머에 있는 물건들만큼 사랑스러운
것을 본 적이 없어요. 일생 동안 그런 옷들을 입으며 살고 싶다는
생각이 절로 들더라고요.

토요일 아침에 샐리와 줄리아와 함께 쇼핑을 하러 나갔어요. 줄
리아는 제가 난생 처음 보는 호화로운 장소로 들어갔어요. 벽은
흰색과 금색으로 칠해져 있었고, 바닥엔 푸른 카펫이 깔려 있었
어요. 푸른 비단 커튼이 드리우고 금박을 입힌 의자도 있었어요.

바닥에 뒤가 끌리는 검정 실크 드레스를 입은 완벽하게 아름다
운 금발 부인이 미소를 지으며 반갑게 저희를 맞아주었어요. 저는
우리가 사교적인 방문을 한 걸로 착각한 나머지 악수를 청할 뻔

했어요. 하지만 우리는 단지 모자를 사려던 것뿐이었어요. 사실은 우리가 아니라 줄리아가 그랬던 거죠. 줄리아는 거울 앞에 앉더니 모자를 열 개도 넘게 써보았어요. 점점 더 예쁜 것들이 나왔어요. 그러다 그중에서 제일 예쁜 것을 골라 두 개를 사더라고요.

거울 앞에 앉아서 가격이 얼마인지부터 생각하지 않고, 어떤 모자든 마음에 들기만 하면 살 수 있는 것만큼 즐거운 일이 또 있을까요? 아저씨, 뉴욕이라는 곳은 존 그리어 고아원에서 참을성 있게 길러온 이토록 훌륭한 자제력을 순식간에 망가뜨릴 게 뻔해요.

쇼핑을 다하고 나서 우리는 셰리스라는 식당에서 저비 도련님을 만났어요. 아저씨도 셰리스에 가보셨겠죠? 그곳을 떠올려 보세요. 그러고 나서 기름을 먹인 천을 덮은 식탁과 좀처럼 깨지지 않는 그릇과 나무 손잡이가 달린 나이프와 포크가 있는 존 그리어 고아원의 식당을 떠올려 보세요. 제가 어떤 기분이었을지 상상이 되시겠지요?

제가 생선 요리를 생선용이 아닌 포크로 먹고 있자 웨이터가 친절하게도 아무도 눈치 채지 못하게 다른 포크를 건네줬어요.

점심 식사를 마친 후 우리는 극장으로 갔어요. 극장은 눈부시게 화려하고, 믿을 수 없을 만큼 멋진 곳이었어요. 저는 매일 밤 그 극장 꿈을 꾼답니다.

셰익스피어는 정말 대단한 사람이라고 생각하지 않으세요?

'햄릿'은 수업시간에 분석했던 것보다 무대에서 공연되었을 때가 훨씬 좋았어요. 그럴 거라고 늘 짐작은 했지만, 직접 두 눈으로 보고 나니 정말 확실하게 알게 되었어요!

아저씨만 괜찮으시면 저는 작가보다는 배우가 되고 싶어요. 대학을 그만두고 연극 학교에 들어가도 될까요? 그러면 제가 출연하는 연극마다 특등석 초대권을 보내드리고 무대 조명을 받으며 아저씨께 미소를 지을 수 있을 텐데 말이에요. 단춧구멍에 빨간 장미만 꽂고 계시면 돼요. 그러면 제가 아저씨를 알아보고 웃을 수 있을 거예요. 다른 사람을 보고 웃어 버린다면 정말 난처한 일이잖아요.

우리는 토요일 밤에 돌아오는 기차 안에서 저녁을 먹었어요. 식탁 위엔 분홍빛 조명이 빛나고 흑인 웨이터도 있었어요. 저는 기차 안에서도 식사를 할 수 있다는 사실을 한 번도 들어본 적이 없었기에, 그 생각을 무심코 흘려버리고 말았어요.

“넌 도대체 어디서 자랐니?”

줄리아가 그렇게 말했어요.

“시골에서.”

저는 줄리아에게 순순히 말했어요.

“아무리 그래도 그렇지, 여행도 한 번 안 해봤니?”

줄리아가 그렇게 말하는 거예요.

“대학에 올 때가 처음이었어. 그리고 그때는 거리가 250킬로미터 정도밖에 안돼서 식사는 하지 않았어.”

저는 그렇게 말했어요.

제가 그렇게 이상한 소리들을 늘어놓으니까 줄리아가 점점 저에게 흥미를 느끼더라고요. 아무리 애써 억누르려고 해도 놀랄 때면 저도 모르게 감추고 있던 이야기가 툭툭 튀어나와 버려요. 그리고 사실 전 늘 놀란답니다. 아저씨, 존 그리어 고아원에서 18년을 살아온 제가 갑자기 다른 세상에 던져졌으니 얼마나 얼떨떨하겠어요.

하지만 저는 차츰 적응하고 있답니다. 지난번처럼 그런 어이없는 실수는 두 번 다시 저지르지 않을 거예요. 더구나 이젠 다른 아이들과 지내는 것에 있어서도 불편함이 없어졌답니다. 예전의 저는 다른 사람들의 시선을 느낄 때마다 쭈뼛쭈뼛하곤 했었지요. 그들의 시선이 제가 입고 있는 새 옷을 꿰뚫어 그 아래에 있는 체크무늬 무명옷을 향하는 것만 같아서요. 하지만 이젠 체크무늬 무명옷 따위엔 절대로 마음 쓰지 않아요. 그날의 괴로움은 그날로 족하나니. (성경 마태복음의 구절- 옮긴이)

꽃에 대해 말씀드리는 걸 깜빡했네요. 저비 도련님이 저희들에게 제비꽃과 은방울꽃 한 다발씩을 선물하셨어요. 정말 다정한 분이지요? 늘 평의원님들만 봐서 그런지 남자를 좋아한 적이 없는데 이젠 생각이 바뀌고 있어요.

열한 쪽이나 썼네요. 이런 게 제대로 된 편지죠! 기운 내세요. 거의 다 써가요.

언제나 아저씨의

주디 올림

꒰ ꒱

4월 10일

부자 아저씨께

보내주신 50달러를 돌려드립니다. 진심으로 고맙지만 도저히
받을 수 없습니다. 지금 받고 있는 용돈으로도 필요한 모자는 다
사고도 남습니다. 모자가게에서 있었던 이야기들을 쓸데없이 괜
히 늘어놓았나 봅니다. 단지 그런 걸 처음 보았다는 걸 말씀드리
고 싶었던 것뿐입니다.

그렇지만 구걸하려던 건 아니라고요! 앞으로 필요 이상의 자선
은 받지 않겠습니다.

제루샤 애벗 올림

꒰ ꒱

4월 11일

사랑하는 아저씨께

아저씨께 어제 그런 편지를 쓴 저를 용서해주시겠어요? 편지를

부치고 나서야 후회가 들어 돌려받으려고 했지만, 우편 담당자는 매정하게도 편지를 다시 돌려주지 않았어요.

지금은 한밤중이에요. 몇 시간째 뜬눈으로 지새우고 있어요. 제가 얼마나 징그러운 벌레 같은 인간인지를 생각하면서요. 다리가 천 개는 달린 벌레예요. 이게 제가 할 수 있는 가장 나쁜 말이에요! 줄리아와 샐리가 깨지 않도록 공부방 문을 조심스레 닫고 들어왔어요. 그리고 침대 위에 앉아서 역사 공책의 페이지를 찢어 아저씨께 편지를 쓰고 있어요.

아저씨가 수표를 보내주신 일에 대해 무례하게 굴어서 죄송하단 말씀을 꼭 전해드리고 싶었어요. 친절한 마음으로 그러셨다는 걸 알고 있었고, 또 아저씨는 저의 모자 이야기 같은 하찮은 일에까지 마음을 써주시는 분이라는 것도 알고 있어요. 좀 더 정중하게 돈을 돌려 드려야만 했어요.

하지만 어떤 일이 있어도 저는 그걸 돌려 드려야만 했어요. 전다른 아이들과 다르니까요. 그 애들은 남들에게서 무언가를 받는 것이 자연스러운 일이겠지요. 아버지와 형제, 숙모와 삼촌이 있을 테니까요. 하지만 제게는 그런 관계에 있는 분들이 한 명도 없어요. 아저씨가 제 친척이라고 생각하는 게 좋지만 그건 단지 그런 생각을 하는 것일 뿐, 실제로는 아니라는 걸 잘 알고 있어요. 저는 혈혈단신으로 벽을 등진 채 세상과 싸워야 해요. 이 세상에 홀로 내동댕이쳐졌다는 생각을 할 때면 숨도 제대로 쉴 수 없어요. 애써 그런 생각들을 떨쳐 버리고는 그렇지 않은 척을 해요. 하지만 정말 모르시겠어요, 아저씨? 필요 이상의 돈은 받을 수 없다는 걸요. 언젠가는 그 돈을 갚아야 하는데, 제가 꿈꾸는 대로 훌륭한 작가가 된다고 해도 그 어마어마한 빚을 감당할 수는 없을 거예요.

저도 예쁜 모자와 예쁜 물건들을 좋아하지만, 제 미래를 저당 잡히면서까지 그런 것들을 살 순 없어요.

저의 무례함을 용서해주시겠지요? 저는 무슨 생각이든 떠오르는 즉시 충동적으로 글을 써버리는 아주 고약한 버릇이 있어요. 그러고 나서 편지를 부쳐 버리면 되찾을 수도 없게 되지요. 제가 가끔 생각이 짧고 배은망덕해 보이겠지만, 그건 제 진심이 아니에요. 지금의 삶과 자유와 독립을 누릴 수 있도록 아저씨께서 베풀어 주신 은혜를 마음속으로 항상 감사하게 생각하고 있어요. 저의 어린 시절은 길고 음울한 반항의 시간들이었는데, 이제는 매순간이 행복한 나머지 꿈인지 생신지도 모를 정도예요. 마치 이야기책에 등장하는 여자 주인공이 된 기분이랍니다.

새벽 2시 15분이에요. 이제 이 편지를 부치러 살금살금 걸어 나가야겠어요. 먼저 보낸 편지에 이어 이 편지를 받게 되실 거예요. 그러니 저를 나쁜 아이라고 생각하실 시간이 그리 길지는 않을 거예요.

안녕히 주무세요, 아저씨.

언제나 아저씨를 사랑하는
주디 올림

5월 4일

키다리 아저씨께

지난 토요일에는 운동회가 있었어요. 정말 볼거리가 가득한 행사였어요. 처음에는 전교생 전체가 흰색 운동복을 입고 행진을 했어요. 4학년은 파란색과 금색으로 된 일본 우산을 들었고, 2학년은 흰색과 노란색 깃발을 들었지요. 우리 학년은 진홍색 풍선을 들었는데 툭하면 끈이 풀려 하늘로 날아가는 바람에 사람들의 시선을 한 몸에 받았어요. 1학년은 기다란 장식 리본을 단 초록색 종이 모자를 썼어요. 그리고 시내에서 고용한 악대는 푸른 제복을 입었어요. 서커스의 광대 같이 재밌는 사람도 여남은 명 불러와 경기 중간 중간에 관중들을 즐겁게 해주었어요.

줄리아는 린넨 청소복을 입고 구레나룻을 붙이고 늘어진 우산을 써서 뚱뚱한 시골 남자로 분장했어요. 키가 크고 마른 팻시 모리어티(실은 패트리샤예요. 그런 이름 들어 본 적 있으세요? 리펫 원장님도 이런 이름은 생각해내지 못하셨을 거예요.)는 녹색 보닛을 한쪽 귀에다 걸치고 줄리아의 부인 노릇을 했어요. 행진을 하는 내내 웃음의 물결이 그 애들을 뒤따랐어요. 줄리아는 그 역할을 기막히게 잘했어요. 저비 도련님께는 죄송한 말씀이지만, 펜들턴 집안 사람이 그런 희극적인 기질을 드러낼 수 있을 거라곤 상상조차 못 해본 걸요. 제가 아저씨를 다른 평의원님과는 다르다고 생각하는 것처럼, 저비 도련님의 경우에도 전형적인 펜들턴 집안 사람이라는 생각이 들진 않거든요.

샐리와 저는 그때 경기를 하던 중이어서 행진에는 참여하지 못했어요. 경기 결과는 어땠을 것 같으세요? 저희 둘 다 이겼어요! 적어도 몇 경기에서는 말이에요. 멀리뛰기에서는 둘 다 떨어졌지만, 샐리는 장대높이뛰기에서 일등을 했고(2미터 20센티로 말이에요), 저는 50미터 경주에서 일등을 했지요.(기록은 8초였어요.)

결승지점에 이르렀을 때 숨은 몹시 찼지만, 대단히 즐거웠어요. 저희 학년 전체가 풍선을 흔들며 응원하고 소리쳤어요.

주디 애벗을 좀 봐!
너 정말 끝내준다.
누가 끝내준다고?
주디 애벗이라구!

주디가 50미터 경주에서
일등을 하다

아저씨, 저는 정말 유명해졌어요. 옷 갈아입는 천막으로 뛰어갔더니 알코올 마사지도 해주고 빨아먹으라고 레몬도 주던걸요. 진짜 운동선수들 같죠? 학년 대표로 나간 경기에서 이기는 건 정말 근사한 일이에요. 종목별로 가장 많이 우승한 학년이 그 해의 우승컵을 차지하거든요. 올해는 4학년이 일곱 종목에서 우승을 해서 우승컵을 차지했어요. 경기 위원회에서는 체육관에서 우승자 모두에게 만찬을 베풀었어요. 우리는 껍질이 부드러운 게 튀김과 농구공 모양으로 만든 초콜릿 아이스크림을 먹었어요.

어제는 밤늦게까지 《제인 에어》를 읽었어요. 아저씨는 60년 전을 기억할 수 있을 만큼 나이가 드셨나요? 만약 그러시다면 그 당시 사람들이 이런 말투로 말했나요?

거만한 블랑시 부인이 하인에게 이렇게 말해요. "이 자식, 그만 지껄이고 시키는 일이나 해." 그리고 로체스터 씨는 하늘을 보고 '금속 창공'이라고 말해요. 그리고 이 책에 나오는 미친 여자는 하이에나처럼 웃으면서 침실 커튼에 불을 지르고 웨딩드레스의 면사포를 찢고, 사람을 물어뜯기까지 해요. 이 이야기는 순전히 감상적인 통속소설이긴 하지만, 그럼에도 불구하고 여전히 많은 사람들이 읽고 또 읽지요. 어떻게 처녀가 이런 책을 쓸 수 있었을까요? 그것도 교회 안에서만 자란 처녀가 말이에요. 브론테 자매에겐 제 마음을 사로잡는 무언가가 있어요. 그들의 책과 그들의 삶과 그들의 마음 모두에 말이에요. 그런 생각을 어디서 얻었을까요? 제인이 어린 시절에 자선 학교에서 괴로움을 겪는 대목을 읽을 땐, 저는 정말이지 화가 나서 밖으로 나가 좀 걸어야만 했어요. 제인이 느꼈을 감정이 어떤 건지 저는 정확하게 알고 있었거든요. 리펫 원장님을 알고 있는 저이기에, 브로클허스트 씨가 어떤 사람일지 훤히 알 수 있었어요.

기분 상하시진 마세요, 아저씨. 존 그리어 고아원이 로우드 학교와 비슷하다는 뜻은 아니었어요. 저희는 먹을 것도 많았고 입을 것도 많았어요. 씻을 물도 충분했고 지하실에는 난로도 있었으니까요. 하지만 딱 한 가지 꼭 닮은 게 있어요. 그건 우리의 생활이 정말이지 단조롭고 무미건조했다는 거예요. 일요일에 아이스크림을 먹는 것을 제외하고는 좋은 일이 일어난 적이 없고, 아이스크림을 먹는 일조차도 일요일에 정기적으로 일어났던 일이었지요. 그곳에서 지냈던 18년 동안 딱 한 번, 뜻하지 않은 일이 일어났었지요. 장작 보관 창고에서 불이 났을 때 말이에요. 우리는 한밤중에 일어나 건물에 불이 옮겨 붙을까 봐 옷을 입고 대피할 준비를 하고 있었어요. 하지만 불은 옮겨 붙지 않았고 우리는 다시 잠자리로 돌아갔어요.

누구나 가끔씩 뜻밖의 일들이 일어나는 걸 좋아해요. 그건 전적으로 인간의 타고난 열망이에요. 리펫 원장님이 저를 원장실에 불러 존 스미스 씨께서 저를 대학에 보내주려고 하신다는 말을 들은 것이 저에게 처음으로 일어난 놀라운 일이었어요. 하지만 그때는 원장님이 그 소식을 하도 뜸을 들이며 말씀해 주셔서 별로 놀라지도 않았어요.

아저씨, 저는 사람에게 꼭 필요한 것은 바로 상상력이라고 생각해요. 상상력은 사람들로 하여금 다른 사람의 입장에서 생각할 수 있게 해줘요. 친절과 공감과 이해심을 갖게 해주지요. 그래서 어린이일 때부터 상상력을 키워주어야만 해요.

하지만 존 그리어 고아원은 상상력의 조짐이 보이기라도 하면 그 즉시 싹을 잘라버리곤 했어요. 그곳에서 장려하는 자질이라곤 오직 의무감뿐이지요. 저는 어린이들에겐 의무라는 단어는 알려주어서도 안 된다고 생각해요. 의무감이라는 말을 생각하는 것만으로도 불쾌하고 혐오스러운 기분이 들어요. 아이들에겐 사랑에서 비롯된 것만을 주어야 해요.

제가 원장이 되어 이끌어 나갈 고아원을 기대해주세요! 밤에 잠들기 전에 하는 상상 중에 제일 재미있는 것이에요. 아주 세세한 부분까지도 계획을 짜고 있답니다. 식사는 어떤 걸로 차리고 옷은 무엇을 입히고 공부는 어떻게 시키고 어떻게 놀게 하고 벌은 어떻게 줄지 말이에요. 아무리 착한 원생들도 가끔씩은 잘못을 저지르니까요.

하지만 어쨌든 그 애들은 행복할 거예요. 누구든 자라는 동안 아무리 많은 어려움을 겪을지라도, 어린 시절을 돌아봤을 때 행복한 기억을 떠올릴 수 있어야 한다고 생각해요. 그리고 만일 제가 아이를 갖게 된다면, 제가 아무리 불행해진다고 하더라도 아이들만큼은 아무런 근심걱정 없이 자라게 해줄 거예요.

(예배 종이 울리네요. 편지는 다음에 마무리 지어야겠어요.)

목요일

오늘 오후 실험실에서 돌아왔는데 다람쥐 한 마리가 티 테이블 위에 앉아 아몬드를 실컷 까먹고 있더라고요. 요즘 날씨가 따뜻해서 창문을 열어놓았더니 반갑게도 이런 손님들이 방문해주네요.

"지니 부인, 설탕을 하나 넣어 드릴까요, 두 개 넣어 드릴까요?"

토요일 아침

어제가 금요일인데다 오늘은 수업도 없으니, 아저씨는 아마도 제가 지난밤에는 상금으로 산 스티븐슨 전집이나 읽으며 기분 좋게 조용히 지냈으리라고 생각하시겠죠? 정말로 그렇게 생각하신다면 아저씨는 여자 대학교에 한 번도 와본 적이 없으신 게 틀림

없어요. 친구들 여섯 명이 퍼지를 만들자고 몰려와서는 퍼지를 들고 엎었지 뭐예요. 그것도 반죽이 아직 굳지 않았을 때 우리가 가장 아끼는 양탄자 한 가운데에다 말이에요. 그 자국을 절대 깨끗이 닦아 낼 순 없을 거예요.

요즘 배우고 있는 것에 대해 말씀드리지 않았네요. 하지만 여전히 매일매일 열심히 공부하고 있어요. 그래도 책장을 덮고 여럿이 모여 인생에 대해 서로 이런저런 이야기를 나누는 일이 제겐 휴식과도 같답니다. (아저씨와 저처럼 제가 일방적으로 이야기를 하는 것보다는 말이에요.) 물론 아저씨의 잘못은 아니지요. 언제든 내킬 때 답장을 써주시면 환영할게요.

이 편지는 사흘에 거쳐 쓰다 말다 했어요. 지금쯤 아저씨가 지루하실까 봐 걱정이 되네요!

안녕히 계세요. 다정한 아저씨.
주디 올림

키다리 아저씨 스미스 씨께

아저씨, 논증법과 논제를 항목별로 분류하는 법을 이제 다 배웠으니, 이 편지를 다음의 형식에 따라 써볼게요. 필요한 사실은 다 담고 있으면서도 불필요한 말은 한 마디도 들어가지 않을 거예요.

1. 이번 주에 다음 과목의 시험을 치렀음.

　가. 화학

　나. 역사

2. 새 기숙사가 건립되고 있음.

　가. 자재는

　　1) 붉은 벽돌

　　2) 회색 돌

　나. 수용 인원은

　　1) 사감 1명, 강사 5명

　　2) 여학생 200명

　　3) 관리인 1명, 조리사 3명, 식당 여직원 20명, 방 청소 담당 20명

3. 오늘밤 디저트로 정켓을 먹음. (우유, 설탕, 향신료 및 레넌으로 만들어진 디저트– 옮긴이)

4. 셰익스피어 희곡에 관해 특별 논문을 쓰려고 함.

5. 오늘 오후 루 맥마흔이 농구를 하다 미끄러져 넘어진 결과는

　가. 어깨 뼈 탈골

　나. 무릎에 타박상

6. 내가 새로 산 모자의 장식은

　가. 푸른 벨벳 리본

　나. 푸른색 깃털 두 개

　다. 붉은 방울 술 세 개

7. 지금은 밤 9시 30분임.

8. 안녕히 주무세요.

　　　　　　　　　　　　　　주디 올림

❧

6월 2일

키다리 아저씨께

얼마나 좋은 일이 생겼는지 아저씨는 아마 정말 상상도 못하실 거예요.

맥브라이드 가족이 애디론댁에 있는 캠프에서 이번 여름을 함께 보내자며 저를 초대했어요! 숲 한가운데에 작고 예쁜 호수가 있는데 맥브라이드 가족이 그 근처 클럽의 회원이래요. 회원들 각자가 숲 속에 드문드문 떨어진 통나무집을 하나씩 소유하고 있고, 호수에서 카누도 타고 오솔길을 따라 다른 캠프까지 오래도

록 산책도 한대요. 그리고 클럽 회관에서는 일주일에 한 번씩 무도회를 연대요. 지미 맥브라이드가 대학교 친구들을 초대해 여름 동안 며칠씩 함께 지낼 거라고 하니 함께 춤 출 남자 파트너들이 넘쳐나겠어요.

저를 초대해 준 맥브라이드 부인은 정말 다정한 분이지요? 크리스마스 휴가 동안 머물렀을 때 제가 마음에 드셨나 봐요.

편지를 짧게 쓴 걸 너그럽게 생각해 주세요. 이번 것은 정식 편지가 아니에요. 단지 이번 여름 계획을 알려드리려고 쓴 거니까요.

기분이 엄청 흐뭇한
아저씨의 주디 올림

⚓

6월 5일
키다리 아저씨께

방금 아저씨의 비서로부터 스미스 씨는 제가 맥브라이드 씨의 초대를 받아들이지 말고, 지난여름과 마찬가지로 록 윌로우 농장으로 가기를 바라신다는 내용의 편지를 받았어요.

왜요? 어째서요? 왜 그래야 하는 건데요 아저씨?

아저씨가 모르셔서 그래요. 맥브라이드 부인은 정말 진심으로 저를 초대하고 싶어 하세요. 제가 그 댁에 조금이라도 폐가 될 일은 없단 말이에요. 하인을 많이 데리고 가지 않기 때문에 샐리와 제가 도움이 많이 될 거예요. 집안일을 배우는 데 좋은 기회가 될 거예요. 여자라면 반드시 집안일을 할 줄 알아야 하는데, 저는 고아원일 밖에 모르거든요.

캠프에는 제 또래의 여자애가 없기 때문에 맥브라이드 부인은 저를 샐리의 말동무로 데리고 가고 싶으신 거예요. 둘이서 함께 책도 많이 읽을 계획이에요. 내년에 배울 영어와 사회 과목 서적도 모조리 읽을 생각이에요. 교수님이 저희더러 이번 여름에 그 책들을 다 읽는다면 큰 도움이 될 거라고 했단 말이에요. 함께 책을 읽고 나서 내용을 토론한다면 기억하는 것도 훨씬 더 수월할 거고요.

샐리의 어머님과 한 집에서 함께 지내는 것 자체만으로도 교육이 될 거예요. 샐리 어머님은 세상에서 가장 흥미롭고 재미있고 다정하며 매력적인 여성이거든요. 그분은 모르시는 게 없어요. 리펫 원장님과 함께 보낸 그 숱한 여름을 생각해 보신다면 이처럼 정반대의 기회가 제겐 얼마나 고마운 일인지 알 수 있으실 거예요.

저 때문에 그 집이 비좁진 않을까 하는 걱정은 하실 필요가 없어요. 고무처럼 늘어나는 집이니까요. 손님이 많으면 숲속 여기저기에 텐트를 치고 남자들을 내보낼 거라고 하셨거든요. 하루 종일 실외에서 운동을 하며 건강하고 신나는 여름을 보낼 거예요.

지미 맥브라이드는 저에게 말타기와 카누 노 젓기와 사격, 그 외에도 제가 알아야할 많은 것들을 가르쳐 준댔어요. 난생 처음으로 근사하고 즐겁고 근심걱정 없는 시간을 보낼 수 있을 거예요. 여자아이라면 누구나 한 번쯤은 살면서 이런 시간을 보내는 것도 좋다고 생각해요. 물론 아저씨 말씀을 따르겠지만, 그래도 제발, 제발 가게 해 주세요 아저씨. 제가 무언가를 이렇게 간절히 바란 적도 없잖아요.

이 편지를 쓰고 있는 사람은 미래의 위대한 작가 제루샤 애벗이 아니라 그저 평범한 소녀 주디라는 걸 생각해주세요.

∽

6월 9일
존 스미스 씨께

7일에 보내신 편지는 잘 받았습니다. 비서를 통해 받은 지시대로, 저는 다음 주 금요일에 출발하여 록 윌로우 농장에서 여름을 보내겠습니다.

언제나 아저씨의

제루샤 애벗(양) 올림

∽

록 윌로우 농장에서

8월 3일

키다리 아저씨께

마지막으로 편지를 쓴 지도 두 달이 다 되어 가네요. 잘한 일이 아니란 건 저도 알지만 이번 여름에는 아저씨를 그다지 사랑하지 않았거든요. 있는 그대로 말씀드리고 있는 거예요.

맥브라이드 가족의 초대를 포기해야만 했을 때 제가 얼마나 실망했는지 아저씨는 상상도 못하실 거예요. 물론 아저씨가 제 후견인이시니, 어떤 일이든 아저씨의 뜻대로 해야 한다는 건 저도 알고 있어요. 하지만 대체 무슨 이유로 그러셨는지 도무지 알 수가 없었어요. 이렇게 좋은 기회가 저에게 또 일어날 수 있을까요. 제가 아저씨였다면, 그리고 아저씨가 주디였다면, 저는 이렇게 말했을 거예요. "그래, 잘 됐구나 얘야. 어서 가서 즐거운 시간을 보내고 오렴. 새로운 사람들도 만나고 새로운 것들을 많이 배우렴. 앞으로 또 일 년 동안 열심히 공부해야 하니 야외 생활을 하면서 몸이 튼튼해지도록 푹 쉬고 오너라."

하지만 아저씨는 그러지 않으셨어요! 비서로부터 록 월로우 농장으로 가라는 짤막한 편지만 보내셨지요.

제 기분이 상했던 건 아저씨의 명령에 인간미가 없었다는 거예요. 아저씨를 생각하는 제 감정을 조금이라도 아셨다면, 아저씨는 비서가 타자로 친 메모가 아니라 손으로 직접 쓴 메시지라도 저에게 가끔 보내셨을 테니까요. 아저씨가 조금이라도 저를 염려하고 있다는 표현을 하셨더라면, 저는 아저씨를 기쁘게 해 드리기 위해 어떤 일이라도 할 거예요.

답장은 꿈도 꾸지 못한 채 오직 저만이 재밌는 편지를 길고 상세하게 써야 한다는 걸 알고 있어요. 아저씨는 저를 학교에 보내 주기로 한 약속을 잘 지키고 있는데 저는 그러지 못하다고 생각하시겠지요?

하지만 아저씨, 이건 어려운 약속이에요. 정말 그래요. 저는 사무치게 외로워요. 제가 좋아할 수 있는 유일한 사람이라곤 아저씨뿐인데, 아저씨는 그림자처럼 희미하거든요. 제가 만들어 낸 상상 속의 인물일 뿐인데다 어쩌면 진짜 아저씨는 제가 상상해 낸 아저씨와 조금도 닮은 구석이 없을지도 몰라요. 하지만 제가 아파서 입원했을 때 아저씨가 딱 한 번 카드를 보내주신 적이 있었지요. 그래서 요즘도 아저씨가 저를 잊으셨다는 생각이 들 때마다, 저는 그 카드를 꺼내어 읽고 또 읽는답니다.

제가 말씀드리려고 했던 건 아직 한 마디도 꺼내지 않았어요. 바로 이런 것들이에요.

독단적이고 위압적이고, 부당한데다 모습을 드러내지 않는 전능한 신과 같은 존재에 의해 이리저리 끌려다니는 일은 상당히 굴욕적인 일이에요. 그래서 아직 마음이 상해 있지만 그간 아저씨가 저에게 보여주었던 친절함과 관대함과 배려심을 돌아봤을 때, 아저씨 입장에선 그러실 수도 있겠다고 생각하고 있어요. 그래서 이젠 다 잊고 다시 즐겁게 지내려고 해요.

하지만 샐리가 캠프에서 즐겁게 보내고 있다는 편지를 받을 때면 기분이 별로 좋지 않아요!

이제 그 일은 덮어두고 다시 시작할게요.

저는 이번 여름에 글을 쓰고 또 썼어요. 단편 소설 네 편을 끝냈고 각각 다른 잡지사로 보냈어요. 제가 작가가 되기 위해 노력하고 있다는 거 아시겠지요? 저비 도련님이 비가 올 때면 놀이방으로 쓰던 다락방 한 구석을 제 작업실로 정했어요. 지붕창이 두 개나 있어서 시원한 바람이 솔솔 들어와요. 게다가 단풍나무가 그늘까지 만들어 주는데 나무에 난 구멍 속엔 붉은다람쥐 가족들이 살고 있어요.

며칠 안에 좀 더 나은 편지로 농장의 따끈따끈한 새 소식들을 전해드릴게요.

비가 기다려집니다.

아저씨의 영원한
주디 올림

133

8월 10일

키다리 아저씨 귀하

아저씨, 저는 지금 목장 연못가에 있는 버드나무 두 번째 가지에 올라앉아 편지를 쓰고 있어요. 나무 밑에선 개구리가 개굴개굴 울고, 머리 위에서는 매미가 노래하고, 동고비(devil down-head 동고빗과의 새. 나무에 잘 기어오름. - 옮긴이) 두 마리가 나무 위를 바삐 오르락내리락 하고 있네요. 이 자리에 한 시간이나 앉아 있었는데도 아주 편안해요. 게다가 소파 쿠션 두 개를 받쳤더니 더욱 좋네요. 불후의 단편소설을 쓰리라 마음먹고 펜과 종이를 가지고 올라왔는데, 여주인공 때문에 골치가 아프네요. 제가 원하는 대로 움직여 주질 않고 있거든요. 그래서 잠깐 그녀를 내버려두고 아저씨께 편지를 쓰고 있는 거예요. (하지만 그다지 큰 위안은 되진 않네요. 제가 원하는 대로 움직이게 할 수 없는 건 아저씨도 마찬가지니까요.)

그 끔찍한 뉴욕에서 살고 계시는 아저씨께 햇살과 산들바람으로 가득한 이 아름다운 경치를 조금이라도 보내드리고 싶네요. 일주일 내내 비가 온 뒤 맑게 갠 시골은 천국 그 자체거든요.

천국 이야기를 하니 생각이 난 건데, 지난여름에 제가 말씀드렸던 켈로그 씨 기억나세요? 사거리에 있는 조그맣고 하얀색 교회의 목사님 말이에요. 글쎄, 그 가엾은 분이 지난겨울에 폐렴에 걸려 그만 돌아가셨대요. 목사님의 설교를 들으러 대여섯 번은 그곳에 갔던 터라, 그분의 종교관에 대해 아주 잘 알게 되었어요. 목사님은 처음에 가졌던 믿음을 마지막 순간까지 지키고 계셨어요. 47년 동안이나 변함없이 하나의 신념을 지켜나갈 수 있는 사람이라면 골동품처럼 진열장에 모셔야 한다고 생각해요. 이제는 천상에서 금관을 쓰고 즐겁게 하프 연주를 하고 계시길 바랍니다. 그분이라면 분명 그러고 계실 거예요! 목사님 자리에 젊은 목사님이 새로 한 분 오셨어요. 신도들은 그분을 그다지 신뢰하지 않는 눈치예요. 특히 커밍스 집사님 쪽 사람들이 그래요. 아무래도 교회 내부에 큰 분열이 일어날 것 같은 분위기예요. 이곳 사람들은 종교 개혁을 달가워하지 않나 봐요.

비가 오던 한 주 동안 저는 다락방에 틀어박힌 채 책에 파묻혀 지냈어요. 주로 스티븐슨의 책들을 읽었어요. 그런데 알고 보니 스티븐슨 본인이 자신의 책에 나오는 인물들보다도 더 재미있는 사람이었어요. 자신을 주인공으로 책을 썼더라도 성공했을 게 분명해요. 아버지가 유산으로 남긴 만 달러를 몽땅 털어 요트를 사서 남태평양으로 항해를 떠났다니 정말 스티븐슨답지 않나요? 자신의 모험심을 실천하며 살았으니 말이에요. 만약 저에게도 아버지가 계셔서 제 앞으로 만 달러를 남겨 놓으셨다면 저 역시도 그랬을 거예요. 베일리마를 생각만 해도 가슴이 설렌답니다. (스티븐슨이 고국을 떠나 말년을 보냈던 남태평양의 사모아섬의 지명– 옮긴이) 저도 열대지방에 가보고 싶어요. 온 세상을 다 돌아보고 싶어요. 위대한 작가나 혹은 예술가, 또는 배우나 극작가, 아니면 어떤 모습으로든 훌륭한 사람이 되어 꼭 그렇게 할 거예요. 저도 방랑에 대한 갈망이 있거든요. 지도를 보기만 해도 모자를 쓰고 우산을 집어 들고는 바로 떠나고 싶어진다니까요. "죽기 전에 남국의 종려나무와 사원을 보리라."

　

목요일 황혼녘에,

현관 계단에 앉아

이번 편지엔 새로운 소식을 담기가 어려워요! 요즘 주디는 무척 철학적이 되어서 일상생활의 소소한 일들보다는 주로 세상 전체에 대한 일에 관심이 많아졌거든요. 그래도 아저씨가 꼭 듣고 싶으시다면 알려드릴게요.

지난 목요일에 새끼 돼지 아홉 마리가 시냇물을 건너 달아났다가 여덟 마리만 돌아왔어요. 괜히 누구를 의심하고 싶지는 않지만, 혼자 사는 다우드 부인 집에 전보다 돼지가 한 마리 더 는 것 같아요.

　위버 씨가 헛간과 저장고를 밝은 호박색으로 칠했는데, 색이 너무 보기 흉해요. 하지만 위버 씨는 그 색이 오래 갈 거라고 해요.

　이번 주에 브루어 씨 댁에 손님이 왔어요. 오하이오에서 온 브루어 부인의 언니와 조카딸 두 명이에요.

　로드 아일랜드 레드 종 닭 한 마리가 알을 열다섯 개 낳았는데 그 중에서 세 개만 부화해서 병아리가 되었어요. 뭐가 문제인지 도통 알 수가 없어요. 제 생각엔 로드 아일랜드 레드 종은 그다지 좋은 품종이 아닌 것 같아요. 버프 오핑턴 종이 좀 더 나은 것 같더라고요.

보니릭 사거리에 있는 우체국에 새로 들어온 직원이 재고로 보유하고 있던 '자메이카 진저'를 한 방울도 남김없이 다 마셔 버린 사실이 들통 나고 말았어요. 자그마치 7달러나 되는 걸 말이에요.

아이라 해치 할아버지는 류머티즘에 걸려 더 이상 일을 하지 못하게 되었어요. 수입이 괜찮을 때 한 푼도 저축을 해놓지 않아서 앞으로는 마을 사람들의 도움을 받으며 살아가야 한대요.

다음 주 토요일 저녁에 학교에서 아이스크림 파티를 열기로 했어요. 가족과 함께 오라고 하네요.

우체국에서 25센트를 주고 모자를 하나 샀어요. 이 그림이 저의 최근 모습이랍니다. 건초를 모으러 가고 있는 중이에요.

이제 너무 어두워져서 글씨가 안 보이네요. 어차피 더 알려드릴 소식도 바닥났고요.

안녕히 주무세요.

주디 올림

금요일

안녕히 주무셨어요? 반가운 소식이 있어요! 무슨 내용인 줄 아세요? 록 윌로우에 누가 오고 있는지 아저씨는 절대 상상도 못 하실 거예요. 셈플 부인 앞으로 펜들턴 씨의 편지가 도착했어요. 버크셔 일대를 자동차로 여행하는 중인데 너무 피곤하니 조용한 이곳 농장에서 휴식을 취하고 싶으시대요. 그리고 아무 밤에나 불쑥 나타나도 묵을 방이 있느냐고 물어보셨대요. 일주일이나 이주일, 어쩌면 삼주일쯤 머무르실 거래요. 여기가 얼마나 편안한 곳인지 그분도 알게 될 거예요.

이곳엔 한바탕 대소동이 일어났어요! 온 집안을 청소하고 커튼은 모조리 다 빨았어요. 저는 오늘 아침에 마차를 타고 사거리로 가서 현관에 깔 기름 먹인 천과 복도와 뒤쪽 계단을 칠할 갈색 페인트 두 통을 샀어요. 다우드 부인이 내일 와서 창문을 같이 닦아주기로 했어요. (워낙 급박한 때인지라, 새끼돼지에 관한 의심은 잠시 접어두기로 했어요.) 아저씨는 저희가 이렇게 난리법석을 피우는 걸 보고 평소엔 집안이 깔끔하지 않았나보다고 하고 생각하실지 모르겠지만 그건 절대 아니랍니다! 물론 셈플 부인도 부족한 점은 있지만, 단언컨대 부인은 타고난 훌륭한 주부예요.

하지만 그분은 영락없는 남자네요. 그죠, 아저씨? 그분이 오늘 문 앞에 나타날지, 아니면 앞으로 2주도 더 있어야 나타날지에 대해서는 아무런 기별도 없으세요. 그분이 오실 때까지 우리는 내내 가슴을 졸이며 지내게 될 거예요. 어서 오시지 않으면 집청소를 또 다시 하게 생겼거든요.

애머사이가 그로버가 끄는 사륜 짐마차를 세워놓고 아래층에서 기다리고 있어요. 오늘은 저 혼자 몰 거랍니다. 아저씨가 오셔서 늙은 그로버를 보신다면 제 안전에 대해서는 염려하지 않으실 거예요.

가슴에 손을 얹고서, 안녕히 계세요.

주디 올림

추신. 마지막 말이 근사하지 않나요? 스티븐슨의 편지에서 따온 거예요.

늙은 그로버는
정말 안전하답니다.

토요일

오늘도 안녕히 주무셨어요? 어제 우체부가 왔을 땐 이 편지를 미처 봉해 두지 않은 바람에 부치지 못했어요. 그래서 조금 더 쓰려고 합니다. 이곳에선 매일 한 번 12시 정각에 우편물을 받습니다. 시골에 편지 배달이 오는 것은 농부들에겐 즐거운 일이에요. 우체부 아저씨가 편지만 배달하는 게 아니라 시내에서 필요한 물건을 대신 사다주기도 하거든요. 심부름 값은 단돈 5센트예요. 어제는 제게 구두끈이랑 콜드크림 한 통(새 모자를 쓰기 전에 햇볕에 얼굴이 타서 콧등이 다 벗겨졌거든요.) 푸른색 윈저 타이 그리고 검정색 구두약을 10센트만 받고 사다 주었어요. 주문을 한꺼번에 많이 해서 특별히 싸게 해 준 거예요.

그뿐만 아니라, 넓은 세상에서 무슨 일이 일어나고 있는지 알려주기도 한답니다. 배달 구역에 일간신문을 받아보는 사람들이 몇 있는데, 배달하러 집까지 걸어가는 동안 신문을 읽고서는, 신문을 받아보지 않는 사람들에게 소식을 그대로 전해주는 거예요. 그러니 미국과 일본 간에 전쟁이 발발하거나, 대통령이 암살되거나, 록펠러 씨가 존 그리어 고아원에다 백만 달러를 남겨주는 일이 생기더라도, 아저씨께서 일부러 저에게 편지를 쓰실 필요는 없어요. 어차피 저도 알게 될 테니까요.

저비 도련님은 아직도 오실 기미가 보이지 않네요. 우리가 집을 얼마나 깨끗이 해놓았는지 그리고 모두들 집안에 들어오기 전에 신발을 어찌나 말끔히 털어대는지 아저씨도 보시면 좋겠네요.

저비 도련님이 얼른 오셨으면 좋겠어요. 대화할 누군가가 절실하거든요. 솔직히 말씀드려서 셈플 부인은 좀 따분해요. 대화는 단조로운데다 자신의 주관이 들어 있지 않거든요. 이것이 이곳에 사는 사람들에 관한 이상한 점이에요. 그들의 세상은 오로지 이 언덕 꼭대기에 한정되어 있어요. 넓은 세상 따위에는 관심도 없고요. 그런 점에서는 존 그리어 고아원과 똑같다고 할 수 있어요. 그곳에서도 원생들은 사방을 둘러싼 쇠울타리에 갇혀 있었어요. 그때는 제가 어렸기에 그런 건 그다지 신경을 쓰지 않았어요. 무척 바쁘기도 했고요. 제가 담당하는 아이들의 침대를 정돈하고 얼굴을 씻겨주어야 했고, 학교에 다녀와서는 아이들의 얼굴을 다시 씻겨주고 양말을 꿰매고 프레디 퍼킨스의 바지(그 애는 날이면 날마다 바지를 찢어먹었거든요.)를 수선하고 간간히 제 공부를 해야 했거든요. 그러다보면 어느덧 잠자리에 들 시간이 되었고, 저는 사람들과의 교제가 부족하다는 생각 따위는 할 겨를도 없었어요. 하지만 대화가 풍성한 대학 생활을 2년 정도 하고 보니 이제는 대화가 몹시 그리워 견딜 수 없어요. 저와 말이 통하는 누군가를 만난다면 정말 반가울 것 같아요.

이제는 진짜로 편지를 다 쓴 것 같아요 아저씨. 더 이상 생각나는 게 없네요. 다음번엔 편지를 좀 더 길게 써 드릴게요.

언제나 아저씨의

주디 올림

추신. 올해는 상추 농사가 잘 안 되었어요. 초여름에 너무 가물었거든요.

ᔓ

8월 25일

아저씨, 드디어 저비 도련님이 오셨어요. 우린 함께 즐거운 시간을 보내고 있답니다. 적어도 저는 그래요. 그리고 그분도 그러시리라 생각해요. 이곳에 열흘간 머물면서도 돌아가실 기색이 전혀 보이지 않거든요. 셈플 부인이 어찌나 그분을 떠받드는지 보는 제가 다 민망할 정도예요. 저비 도련님이 어렸을 때도 이렇게 오냐오냐 응석을 다 받아 주었을 텐데도 그분이 이토록 훌륭한 어른이 될 수 있었다는 게 신기할 따름이에요.

저비 도련님과 저는 현관 밖이나 어떨 땐 나무 아래에 작은 탁자를 놓고 식사를 하곤 합니다. 비가 오거나 날씨가 추우면 제일 근사한 방에서 하고요. 그분이 식사하고 싶은 장소를 고르기만 하면 캐리가 탁자를 들고 총총걸음으로 따라와요. 캐리에게 너무 멀리까지 식사를 나르게 하거나 많이 성가시게 했다는 생각이 들면, 저비 도련님은 설탕 그릇 아래에 1달러를 놓아두기도 하신답니다.

저비 도련님은 붙임성이 좋은 분이에요. 그분을 어쩌다가 한 번 본 사람은 그 사실을 전혀 믿지 않을 거예요. 그분의 첫 인상은 그야말로 펜들턴 집안 사람으로 보이지만, 실제로는 전혀 그렇지 않아요. 그분은 꾸밈없고 소탈하며 무척이나 다정한 분이거든요. 남자를 이렇게 표현하는 건 좀 우스운 일이긴 하지만, 그래도 사실인걸요. 저비 도련님은 이 근처에 사는 농부들에게도 대단히 친절하세요. 그분이 사람들을 똑같은 인간 대 인간으로 대하시기 때문에 농부들은 곧바로 경계심을 풀게 돼요. 처음에는 다들 무척 미심쩍어 하더라고요. 그분의 옷차림이 마음에 들지 않았던 거죠. 제가 보기에도 그분의 옷차림은 참 대단해요. 스포츠용 반바지에 주름을 잡은 재킷, 그리고 흰색 운동복 셔츠를 입어요. 바지가 부푼 승마복을 입기도 하고요.

저비 도련님이 새 옷을 입고 아래층으로 내려오실 때마다 셈플 부인은 자랑스러운 듯 환하게 웃으며 그분을 요모조모 살펴본 다음, 자리에 앉을 때 조심하라고 당부를 해요. 티끌이라도 묻을까 봐 염려가 되는 거지요. 그러면 저비 도련님은 이렇게 말씀하시곤 해요.

"리지, 어서 가서 일이나 봐요. 이제 그만 좀 이래라 저래라 하고요. 내가 무슨 어린애도 아니고."

그렇게 몸집이 크고 다리가 긴 남자가(아저씨만큼이나 다리가 길어요) 셈플 부인의 무릎에 앉아 세수를 했다니 생각만 해도 정말 우스워요. 특히 셈플 부인의 무릎을 보면 더 그래요! 이젠 살이 쪄서 무릎이 두 겹인데다 턱은 세 겹이나 되거든요. 하지만 저비 도련님 말씀으로는 셈플 부인도 한때는 날씬했고 다부지고 기운이 넘쳐 자기보다 더 빨리 달릴 수 있었대요.

즐거운 경험도 많이 했어요! 함께 시골길을 멀리까지 걸어 다니기도 하고, 저비 도련님으로부터 깃털로 모양이 웃긴 작은 파리를 만들어 낚시하는 법도 배웠어요. 소총과 권총으로 사격하는 법도 배웠고요. 또 말 타는 법도 배웠는데 늙은 그로버에게 그렇게 팔팔한 기운이 남아 있다니 놀라울 따름이었어요. 사흘 동안 그로버에게 귀리를 먹였더니 송아지를 보고는 놀라 뒷걸음질을 치다가 저를 태운 채로 달아나기도 했다니까요.

수요일

우리는 월요일 오후에 스카이 힐에 올라갔어요. 이 근처에 있는 산인데, 그렇게 높은 편은 아니어서 꼭대기에 눈은 없지만 정상에 오르면 숨이 가쁠 정도는 된답니다. 낮은 비탈은 나무로 덮여 있지만 꼭대기는 바위더미만 있는 황무지예요. 우리는 함께 해가 지는 모습을 지켜보다 불을 지피고 저녁을 준비했어요. 요리는 저비 도련님이 하셨어요. 캠핑을 자주 해 봐서 저보다 자기가 잘 할 거라고 말씀하셨는데 정말로 그랬어요. 달빛을 받으며 산에서 내려오다가 컴컴한 숲길에 이르러서는 저비 도련님의 주머니에 있던 손전등으로 불빛을 비추며 걸었어요. 정말 재미있었어요! 저비 도련님은 시종일관 웃고 농담도 하면서 재미있는 이야기를 해 주셨어요. 제가 읽었던 책뿐만 아니라 다른 책들도 많이 읽으셨지 뭐예요. 아는 게 어찌나 많으신지 놀라울 따름이었어요.

오늘 아침엔 둘이서 멀리 산책을 갔다가 폭풍우를 만났어요. 옷이 흠뻑 젖어서 집에 왔지만 우리의 마음만은 젖지 않았답니다. 빗물을 뚝뚝 흘리며 부엌으로 들어갔을 때 셈플 부인의 표정을 아저씨도 보셨어야 했는데.

"아이고, 저비 도련님, 주디 양! 두 분 다 푹 젖었군요. 저런! 저런! 이를 어쩌나? 그 멋진 새 옷을 다 버렸네요."

부인은 유별나게 수선을 떨었어요. 누가 그 모습을 봤다면 우리가 열 살짜리 아이들이고 부인은 속상해 하는 엄마인 줄 알았을 거예요. 저는 그 벌로 차 마실 때 넣을 잼을 주지 않으면 어쩌나 하고 잠시 걱정을 했답니다.

토요일

이 편지는 한참 전부터 쓰기 시작했지만 끝맺을 시간이 나지 않았어요.

스티븐슨의 이런 생각이 근사하지 않나요?

세상엔 수많은 것들이 넘쳐나니
우린 모두 왕처럼 행복해야 한다.

이건 사실이에요. 세상은 행복으로 넘쳐나고 사람들에게 골고루 돌아갈 만큼 충분해요. 다가오는 것을 우리가 맞이할 자세만 되어 있다면요. 그 비결은 바로 유연한 마음가짐을 갖는 거예요. 특히 시골에서는 즐거운 일들이 많아요. 어느 땅이든 걸어 다닐 수 있고, 어느 시점에서도 풍경을 감상할 수 있고 어느 개울에서나 물장난을 칠 수도 있어요. 마치 내 땅인 것처럼 즐길 수 있어요. 세금 한 푼 내지 않고요!

****

지금은 일요일 밤이에요. 열한 시쯤 되었어요. 평소 같으면 벌써 푹 자고 있을 시간이지만, 저녁에 블랙커피를 마셔서 그런지 통 잠이 오지 않네요!

오늘 아침에 셈플 부인이 펜들턴 씨에게 또박또박 단호하게 말했어요.

"열한 시까지 교회에 도착하려면 여기서 10시 15분에는 출발해야 해요."

"알았어요, 리지." 저비 도련님이 대답했지요.

"마차나 준비해 두세요. 내가 채비가 끝나지 않으면 기다리지 말고 먼저 출발하도록 하세요."

"기다리고 있을 거예요."

부인이 말했어요.

"좋을 대로 하세요. 다만 말들을 너무 오랫동안 세워 두진 말고요."

펜들턴 씨가 말했어요.

그러고 나서 부인이 단장을 하는 동안, 펜들턴 씨는 캐리에게 점심 도시락을 준비하라고 시켜놓고 저에겐 산책할 차림을 하라고 했지요. 그리고 우리는 뒷문으로 빠져나가 낚시를 하러 갔어요.

그 일로 온 집안이 난리가 났어요. 록 윌로우에서는 일요일 2시에 정찬을 먹는데 펜들턴 씨가 7시에 정찬을 준비하라고 지시했고―그분은 자기가 원하는 시간에 식사를 주문하시거든요. 꼭 식당 같다니까요.― 그 덕분에 캐리와 애머사이는 드라이브를 못 하게 되었어요. 하지만 펜들턴 씨는 보호자도 없이 둘이서만 드라이브를 하는 것은 품위 없는 일이니 오히려 잘된 일이라고 말했어요. 어떻게 해서든 그분은 저와 드라이브 하러 가려고 말이 필요했던 거지요. 이렇게 재미있는 이야기 들어보신 적 있으세요?

가엾은 셈플 부인은 일요일에 낚시를 하러 가는 사람은 훗날 죽어서 펄펄 끓는 지옥에 떨어진다고 믿고 계세요! 펜들턴 씨가 어려서 꼼짝없이 부인 뜻대로 가르칠 수 있을 때 제대로 교육시키지 못한 것을 몹시 후회하시는 것 같았어요. 게다가 부인은 펜들턴 씨를 교회에 데리고 가서 사람들에게 자랑하고 싶어 하셨거든요.

어쨌든 우리는 낚시를 했고(그분은 작은 물고기 네 마리를 잡았어요.) 잡은 물고기를 장작불에 구워 점심으로 먹었지요. 작대기에 꽂아놓은 물고기가 자꾸 불 속으로 떨어지는 바람에 탄 맛이 좀 나긴 했지만 모두 먹어치웠어요.

우리는 4시에 집으로 돌아왔고 5시에 드라이브를 하러 나가서 7시에 저녁을 먹고 10시에 잠자리에 들어서 이렇게 아저씨께 편지를 쓰고 있어요.

이제 슬슬 잠이 오기 시작하네요.

안녕히 주무세요.

제가 잡은 물고기를 그려봤어요.

어이, 이봐요! 키다리 선장!

그만! 밧줄을 감아! 아하하 럼주 한 병 갖고 와.

제가 뭘 읽고 있는지 짐작이 가시죠? 지난 이틀 동안 저비 도련님과 저는 뱃사람과 해적이 하는 말투로 대화를 하고 있답니다. 《보물섬》은 정말 재미있어요. 아저씨도 읽어 보셨나요? 아니면 아저씨가 어렸을 땐 아직 그 책이 나오지 않았나요? 스티븐슨은 이 이야기를 연재하면서 겨우 30파운드밖에 받지 못했대요. 위대한 작가라고 해서 돈을 많이 버는 건 아닌가 봐요. 차라리 학교 선생님이나 될까 봐요.

스티븐슨 이야기만 쓰는 걸 용서하세요. 지금은 머릿속이 온통 스티븐슨 생각으로 가득하거든요. 록 윌로우의 서재에 읽을 거라곤 그 사람의 책뿐이어서요.

이 편지를 이주일째 쓰고 있어요. 이 정도면 꽤 긴 편지인 것 같네요. 그러니까 아저씨, 저보고 편지를 자세하게 쓰지 않는단 말씀은 말아주세요.

아저씨도 여기 계셨으면 얼마나 좋을까요. 그러면 같이 즐거운 시간을 보낼 수 있을 텐데요. 서로 모르는 제 친구들끼리도 다 같이 알고 지냈으면 좋겠어요. 펜들턴 씨에게 혹시 뉴욕에서 지내면서 아저씨를 알고 있지 않느냐고 물어보고 싶어요. 아무래도 그분은 알고 있을 것 같아요. 두 분 다 상류사회의 사교계에서 활동하실 테고 개혁이나 그 밖의 비슷한 일들에 관심을 갖고 계시니까요. 하지만 물어보진 못했어요. 아저씨의 진짜 이름을 모르니까요.

아저씨 이름도 모르다니, 이렇게 바보 같은 일이 또 어디 있겠어요. 리펫 원장님이 저보고 아저씨가 별난 분이라고 귀띔을 해

주셨는데. 진짜로 그런 것 같아요!

애정을 담아

주디 올림

추신. 편지를 다 쓰고 다시 읽어보니, 온통 스티븐슨 이야기만 써놓은 건 아니군요. 저비 도련님에 대한 이야기도 한두 군데 적어 놓았네요.

✺

9월 10일

키다리 아저씨께

그분은 떠났어요. 우리는 이곳에 남아 그분을 그리워하는 중이에요! 어떤 사람이나 장소 또는 생활 방식에 익숙해졌다가 갑자기 그것이 사라지게 되면 가슴을 에는 것만 같은 지독한 공허감만 남잖아요. 셈플 부인과 나누는 대화도 간이 맞지 않는 음식 같아요.

2주 후면 개학이라 저는 다시 즐거운 마음으로 공부를 시작할 거예요. 이번 여름에는 작품을 꽤 많이 썼어요. 단편을 여섯 편,

시는 일곱 편이나 썼으니까요. 잡지사에 보낸 작품들은 모두 신속하게 되돌아왔어요. 하지만 괜찮아요. 좋은 연습을 한 셈이니까요. 저비 도련님은 그 작품들을 읽어 보시더니 ―반송 우편물을 그분이 들고 오셔서 숨길 수가 없었어요.― 제 작품이 형편없다고 말씀하셨어요. 어느 한 작품에도 제가 말하고자 하는 생각이 나타나 있지 않다고 했어요. (저비 도련님은 진실을 이야기할 땐 예의는 개의치 않으세요.) 하지만 최근에 쓴 작품 - 대학 생활을 쓴 단편-은 그리 나쁘진 않다고 하시며 손수 타자를 쳐 주셨고 저는 그 작품을 잡지사에 보냈어요. 이주일이나 지났는데, 아마도 계속 검토 중인가 봐요.

이곳 하늘을 보여드려야 하는데! 묘한 오렌지색 빛이 온 세상을 뒤덮고 있어요. 폭풍우가 오려나 봐요.

****

폭풍우 이야기를 하자마자 엄청나게 굵은 빗방울이 떨어지기 시작했고 덧문이 덜컹이는 소리가 들려왔어요. 저는 달려가 창문을 닫았고, 캐리는 우유 냄비를 한 아름 안고 다락방으로 서둘러 올라가 비가 새는 지붕 아래에 놓아두었어요. 그러고 나서 다시 펜을 잡으려던 그때, 과수원 나무 아래에 쿠션과 담요와 모자와 매튜 아놀드의 시집을 두고 온 것이 생각났어요. 그래서 그곳으로 급히 뛰어갔지만 이미 몽땅 젖은 후였어요. 시집 표지의 붉은 색 물이 안쪽까지 번졌지 뭐예요. 앞으로는《도버 해협》(시집의 제목– 옮긴이)에 분홍빛 파도가 부서질 거예요.

시골에선 폭풍우가 왔다 하면 한바탕 소동이 벌어져요. 집밖에 내놓은 여러 가지 것들이 비에 젖어 못쓰게 되지 않도록 늘 신경을 써야 하거든요.

목요일

아저씨! 아저씨! 지금 무슨 생각 중이세요? 방금 우체부가 편지 두 통을 가져다주었어요.

첫 번째. 제 소설이 채택되었어요. 고료는 50달러예요.

그렇다면! 제가 드디어 작가가 된 거예요.

두 번째. 대학교 직원에게서 온 편지예요. 제가 앞으로 2년 동안 기숙사비와 수업료에 해당하는 장학금을 받게 되었다는 내용이에요. 한 졸업생이 설립한 장학금인데 '영어 성적이 특출나게 뛰어나며 다른 과목 성적도 전반적으로 훌륭한 학생'에게 주는 거래요. 그걸 제가 받게 되었어요! 이곳으로 오기 전에 장학금을 신청하긴 했지만 신입생 때 수학과 라틴어 성적이 좋지 않아서 제가 타게 되리라고는 생각지도 못했어요. 하지만 제가 해냈어요. 좋아서 까무러칠 것만 같아요. 아저씨. 이젠 아저씨의 짐을 덜어드릴 수 있을 테니까요. 앞으론 매달 주시는 용돈만으로도 충분할 것 같아요. 글을 쓰거나 가정교사나 다른 일들을 하면서 돈을 벌 수 있을 테니까요.

어서 빨리 학교로 돌아가 다시 공부를 시작하고 싶어요.

아저씨의 영원한,

제루샤 애벗 올림

〈대학교 2학년생이 우승했을 때〉의 작가.

전국 신문 가판대에서 10센트에 판매 중.

9월 26일

키다리 아저씨께

다시 학교로 돌아왔어요. 이젠 저도 상급생이 되었어요. 올해 공부방은 예전 것보다 훨씬 좋아요. 커다란 창문 두 개가 남쪽으로 나 있고, 얼마나 멋지게 꾸며놓았는지 몰라요! 용돈을 제한 없이 쓸 수 있는 줄리아가 이틀 먼저 와서 방을 꾸미는데 열을 올렸거든요.

우리는 벽지를 새로 바르고 동양풍의 양탄자를 깔고 마호가니 의자도 들여놓았어요. 지난해에는 마호가니 색으로 칠한 의자로도 만족했는데 이번에 산 건 진짜 마호가니예요. 무척 멋지지만 어쩐지 제가 있을 곳이 아니라는 생각이 들어요. 실수로 엉뚱한 곳에 잉크라도 흘릴까 봐 늘 조마조마하거든요.

그리고 아저씨가 보내신, 아니 잘못 말했네요, 그러니까 아저씨의 비서가 보낸 편지가 와 있었어요.

부디 제가 장학금을 받아선 안 될 납득할 만한 이유를 말씀해 주시겠어요? 아저씨께서 왜 반대하시는지 도무지 그 이유를 모르겠어요. 하지만 아저씨가 아무리 반대하셔도 이제 별 소용이 없을 거예요. 왜냐하면 저는 이미 장학금을 받았고 결심을 바꾸지도 않을 거니까요! 건방지다고 생각하실지 모르겠지만, 그런 뜻으로 드리는 말씀은 아니에요.

아저씨가 저를 교육시키겠다고 결정하셨을 때, 제가 학업을 마칠 때까지 뒷바라지 해주시고 마지막에는 학위 같은 것을 받게 해서 멋지게 마무리 지으실 생각이셨을 거예요.

하지만 잠시만이라도 제 입장에서 생각해 주세요. 순전히 아저씨가 지원해 주시는 학비로 공부를 할 수도 있지만, 그렇게 많은 신세를 질 수는 없어요. 제가 돈을 갚길 바라지 않으신다는 것도 알고 있어요. 하지만 그럼에도 불구하고 저는 제가 할 수 있는 한 그렇게 하고 싶어요. 그런데 장학금을 받게 되어 그 일이 훨씬 수월해졌어요. 앞으로 남은 평생을 고스란히 빚 갚는 데 쓸 줄 알았는데, 이제는 평생의 반만 그렇게 하면 되거든요.

제 입장을 이해해주시고 언짢게 생각지 않으셨으면 해요. 용돈만은 감사한 마음으로 받을게요. 줄리아와 그 애가 사들인 가구에 뒤지지 않기 위해서라도 용돈은 꼭 필요하니까요! 줄리아가 좀 더 단순한 취향을 가졌거나, 아니면 제 룸메이트가 아니었다면 좋았을 텐데요.

편지라고 하기엔 좀 부족하네요. 원래는 많은 내용을 쓰려고 했는데 창문에 달 커튼 네 개와 문간에 달 커튼 세 장을 감침질하고(아저씨가 바늘 땀 길이를 보실 수 없어서 다행이에요.) 책상 위에 있는 놋쇠 문방구들을 치약 가루로(엄청 힘들었어요) 닦고, 사진을 걸어두었던 철끈을 손톱 손질용 가위로 잘라내야 하고, 책 상자 네 개를 풀어서 정리해야 하고, 트렁크 두 개에 가득 든 옷을 꺼내야 하고(제루샤 애벗이 옷을 트렁크 두 개에 가득 가지고 있다는 게 믿어지지 않는 일이지만, 사실이에요!) 그 중간중간에 오랜만에 다시 만난 50명이나 되는 친구들을 맞이해야 하거든요.

개학일은 즐거워요!

안녕히 주무세요, 아저씨. 아저씨의 병아리가 제힘으로 살아가려 한다고 서운해 하지 마시고요. 아저씨의 병아리는 힘차게 꼬꼬댁 울 줄도 알고 아름다운 깃털도 가진, 아주 기운찬 암탉으로 자라나는 중이니까요. (이게 다 아저씨 덕분이에요.)

애정을 담아,
주디 올림

9월 30일

아저씨께

아직도 그 장학금 타령이세요? 아저씨처럼 고집불통에다 독불
장군이고 말도 안통하는데다가 집요하고 불독 같으며 다른 사람
의 생각은 조금도 고려하지 않는 분은 처음이에요.

제가 모르는 사람의 도움을 받지 않았으면 좋겠다고 말씀하셨
지요.

모르는 사람이라고요! 그럼 아저씨는 어떤 분이신가요?

제가 아저씨보다도 잘 알지 못하는 사람이 세상에 또 있나요?
길에서 아저씨를 마주치더라도 전 아저씨를 알아보지 못할 거예
요. 만일 아저씨가 분별력 있고 현명한 분이라서 저에게 아버지
처럼 다정한 격려 편지라도 한 번 보내주셨더라면, 가끔씩은 찾
아와 제 머리를 쓰다듬어 주셨더라면, 이렇게 훌륭한 딸로 자란
걸 봐서 기쁘다고 말씀해주셨더라면, 그랬다면, 아마도, 저는 아
저씨처럼 연세 있는 분에게 이렇게 화를 내지 않고, 아저씨의 아
주 작은 바람조차 딸로서 마땅히 고분고분 따르려 했을 거예요.

아저씨야말로 정말 모르는 사람이세요! 스미스 씨는 마치 유
리로 지은 집에 사시는 분과 같군요. (영어 속담 'People who live in
glass house shouldn't throw stones' '유리 집에 사는 사람은 돌을 던져서

는 안 된다.'에서 나온 표현. 유리 집에 사는 사람이 타인을 비난해 돌을 던지면 유리가 깨지고 결국 자신의 집이 무너지게 된다는 뜻으로 자기 약점이 훤히 들여다보이는 사람은 남을 쉽게 비난해서는 안 된다는 말. 우리 속담 중 '똥 묻은 개가 겨 묻은 개 나무란다'와 유사하다–옮긴이)

게다가, 장학금은 자선이 아니에요. 상과 같은 거예요. 제가 공부를 열심히 해서 타낸 거라고요. 영어 과목에 뛰어난 학생이 아무도 없었더라면 장학회에서는 누구에게도 장학금을 주지 않았을 거예요. 실제로 몇 해는 아예 장학금을 주지 않은 적도 있었어요. 또…… 하긴 남자랑 말다툼을 해봤자 무슨 소용이 있겠어요? 스미스 씨는 논리에 대한 감각이 결여된 성별에 속해 있는걸요. 남자들을 구슬리는 방법은 딱 두 가지 뿐이지요. 잘 구슬려 달래든지 딱딱하게 굴든지 둘 중 하나예요. 저는 제가 바라는 걸 얻으려고 남자를 구슬리는 걸 경멸해요. 그러니까 저는 딱딱하게 굴수밖에 없어요.

그러니까 아저씨, 저는 장학금을 포기하지 않을 거예요. 그리고 아저씨가 그 일을 계속해서 문제 삼으신다면, 앞으로는 매달 주시는 용돈도 받지 않겠습니다. 대신 멍청한 신입생을 개인 지도하다가 지쳐 신경쇠약에나 걸리렵니다.

더 이상은 아무 말도 않겠습니다!

그러니 제 말 좀 들어주세요. 제가 이런 생각까지 해봤다고요. 제가 이 장학금을 받아서 다른 누군가가 교육 받을 기회를 박탈당할까 봐 걱정하시는 거라면, 제가 한 가지 방법을 알고 있어요.

저에게 쓰려던 돈으로 존 그리어 고아원에 있는 다른 여자 원생을 교육시켜 주시면 돼요. 정말 기발한 생각이지요? 그렇지만 아저씨가 어떤 여자애들을 선택하시든 교육은 시켜주시되, 저보다 더 많이 예뻐하지는 말아주세요.

편지에 적어 보낸 여러 가지 제안을 제가 받아들이지 않았다고 해서 아저씨의 비서가 섭섭해 하지는 않을 거라고 생각해요. 하지만 그렇다고 해도 저로서는 어쩔 도리가 없지요. 아저씨의 비서는 버릇없는 아이 같아요. 지금까지는 제가 그분의 변덕을 순순히 받아주었지만, 이번엔 절대로 받아주지 않을 생각이랍니다.

영원히 돌이킬 수 없도록 마음을 단단하게 먹은,

아저씨의

제루샤 애벗 올림

11월 9일

키다리 아저씨께

오늘은 시내로 가서 검정 구두약 한 병과 옷깃 몇 개와 새 블라우스 옷감과 제비꽃 크림 한 통과 캐스틸 비누(올리브유가 주원료인 비누- 옮긴이)를 샀어요. 모두 다 꼭 필요한 것이어서 저는 이것

160

들 없이는 한시도 편하게 지낼 수가 없거든요. 그런데 차비를 내려는 순간, 지갑을 다른 외투에 넣어 놓고 안 가져왔다는 걸 깨달았어요. 하는 수 없이 내려서 다음 전차를 타야 했고, 그 덕분에 체육시간에도 늦었지 뭐예요.

기억력도 나쁜 주제에 외투가 두 벌이나 있으니 이런 일이 일어날 수밖에요!

줄리아 펜들턴이 이번 크리스마스 연휴를 자기네 집에서 보내자며 저를 초대했어요. 어떻게 생각하세요, 스미스 씨? 존 그리어 홈 출신의 제루샤 애벗이 부잣집의 식탁에 앉아 있는 모습을 상상해 보세요. 줄리아가 왜 저를 초대했는지 모르겠어요. 그 애는 요즘 들어 부쩍 저와 친하게 지내려고 하거든요. 솔직히 말씀드리면, 저는 샐리네 집에 가고 싶지만 줄리아가 먼저 초대를 했기 때문에, 이번 연휴에 제가 어디를 간다면 그곳은 우스터가 아닌 뉴욕이 될 거예요. 펜들턴 일가를 한꺼번에 만난다는 생각에 벌써부터 조금 두려운 마음이 드네요. 그리고 새 옷도 몇 벌 장만해야 해요. 그러니 아저씨께서 제가 학교에 조용히 남아 있는 게 좋겠다고 하신다면, 저는 여느 때처럼 고분고분하게 아저씨의 뜻에 따르겠습니다.

요즘 전《토마스 헉슬리의 생애와 편지》에 푹 빠져 있어요. 틈날 때마다 가볍게 읽기에 좋은 책이에요. 아저씨는 시조새가 뭔지 아세요? 그건 새의 일종이에요. 그러면 스테레오그나투스는 뭔지 아세요? 저도 확실하게는 모르겠지만 이빨을 가진 새와 날

개를 가진 도마뱀 같은 단절고리(진화상에 존재했으리라고 추측되지만 화석으로는 발견되지 않는 생물- 옮긴이)인 것 같아요. 아니, 그런 게 아니네요. 방금 책에서 찾아봤는데 그건 중생대의 포유동물이래요.

이번 학년에는 경제학을 선택했어요. 경제학은 매우 계몽적인 학문이에요. 이 과목을 끝내면 '자선과 개혁' 과목을 들을 생각이에요. 그 과목을 마칠 즈음이면 저는 고아원을 어떻게 경영해야 할지 알게 될 거예요. 저에게 선거권이 있다면 매우 바람직한 유권자가 될 것 같지 않으세요? 지난주에 저는 스물한 살이 되었답니다. 저처럼 정직하고 교양 있고 양심적이며 지성을 갖춘 시민을 내팽개치다니 이 나라는 정말 낭비가 심한 것 같네요.

언제나 아저씨의

주디 올림

〰

12월 7일

키다리 아저씨께

줄리아네 집에 가도록 허락해 주셔서 고맙습니다. 아무런 말씀
이 없으신 것은 허락하신다는 뜻으로 받아들일게요.

그간 사교계 모임이 어찌나 많았던지요! 지난주엔 개교 기념
무도회가 있었어요. 이 무도회는 상급생만 참가할 수 있게 되어
있기 때문에 저희는 올해 처음으로 참가했어요.

저는 지미 맥브라이드를 초대했고 샐리는 지미의 프린스턴 대
학 룸메이트를 초대했어요. 지난여름 샐리네 캠프에 초대되었던
사람인데, 빨강머리에다 무척 잘생긴 남자였어요. 그리고 줄리아
는 뉴욕에 사는 어떤 남자를 초대했는데 별로 재미있지는 않지만
사교적으로는 흠잡을 데 없는 사람이었어요. 드 라 메터 치체스
터 가문과 가까운 집안 사람이래요. 아저씨는 관심이 있으세요?
저에겐 아무런 의미도 없어요.

우리 손님들은 금요일 오후에 4학년생 기숙사 복도에서 열린

티 파티에 제 시간에 도착했고, 파티가 끝나자 저녁 식사를 하러 호텔로 급히 갔어요. 그들 말로는 호텔이 만원이라, 당구대 위에서 한 줄로 잤다고 해요. 지미 맥브라이드는 다음번에 우리 학교 사교 행사에 올 때는, 애디론댁에서 쓰던 텐트를 가지고 와서 캠퍼스에다 쳐야겠다고 했어요.

일곱 시 삼십 분이 되자 손님들이 돌아와 학장님의 환영회와 무도회에 참석했어요. 저희는 미리 알파벳 카드를 만들어 두었어요! 매번 춤이 끝날 때마다 남자들은 자기 이름의 머리글자가 써진 푯말 아래에 모여 서 있다가 다음 춤출 상대를 기다리기로 했어요. 예를 들어 지미 맥브라이드의 경우에는 M자가 써진 푯말 아래에 서서 상대를 차분히 기다리고 있어야 했지요. (아무튼 지미는 차분히 기다리고 있어야 했는데 계속해서 이리저리 돌아다니며 R이나 S 또는 다른 푯말들 아래에 서 있는 사람들과 마구 뒤섞여버렸어요.) 지미는 정말 감당하기 힘든 손님이었어요. 저와 춤을 세 번밖에 추지 못했다고 투덜거렸어요. 모르는 여학생들과 춤을 추는 게 어색하다나요!

다음 날 아침에는 합창단 공연이 있었어요. 그 공연에서 부른 재미있는 새 노래의 노랫말을 쓴 사람은 누구였을까요? 맞아요. 바로 저예요. 오, 아저씨, 아저씨가 구제해 준 작은 고아가 점점 유명한 사람이 되고 있답니다!

어쨌든, 이틀 동안은 대단히 재미있었고, 남자들도 즐거워하는 것 같았어요.

처음에는 천 명이나 되는 여학생들과 마주 대할 생각에 당황해하는 남자들도 있었지만, 눈 깜짝할 사이에 분위기에 적응하더군요. 우리의 두 프린스턴 대학생들도 매우 즐거운 시간을 보냈다고 했어요. 적어도 예의상으로 한 말일지는 모르겠지만요. 그러고는 내년 프린스턴 대학의 무도회에 우리를 초대했어요. 우리는 그 초대를 받아들였어요. 그러니 아무쪼록 반대하지 말아주세요 아저씨.

줄리아도 샐리도 저도 새 드레스를 입었어요. 드레스 이야기를 들려드릴까요? 줄리아가 입은 드레스는 크림색 공단에 금실로 수를 놓고 보랏빛 난초로 장식을 했어요. 정말 꿈결처럼 아름다웠는데 백만 달러나 들여 파리에서 주문한 거예요.

샐리가 입은 드레스는 페르시아 자수를 놓은 하늘색 드레스로 빨간 머리와 무척 잘 어울렸어요. 비록 백만 달러는 들지 않았지만, 줄리아의 옷만큼이나 눈에 띄게 아름다웠답니다.

제가 입은 드레스는 연분홍색 크레이프 천에 베이지색 레이스와 장밋빛 공단으로 장식한 것이었어요. 거기에다 지미 맥브라이드가 선물한 진홍빛 장미를 달았어요. (어떤 색이 어울릴지 샐리가 지미에게 미리 일러 주었대요.) 우리 셋은 모두 실크 스타킹에 비단 신발을 신고 옷 색깔에 어울리는 쉬폰 스카프를 둘렀어요.

여자들의 옷에 대해 이렇게나 상세한 설명을 들으셨으니 아저씨는 깊은 인상을 받으셨을 테지요! 쉬폰이니 베네치안 레이스니, 뜨개 레이스니, 아일랜드 레이스니 하는 것들이 남자들에겐 아무런 의미도 없는 말일 거란 걸 생각해 볼 때, 남자들은 무미건조한 삶을 살 수밖에 없다는 생각이 들어요. 반면에 여자들은 아기라든가 미생물이라든가 남편이라든가 시라든가 카드놀이라든가 하는 것에는 관심이 있든 없든 간에 기본적으로 옷에는 항상 관심이 있답니다. 전 세계를 하나로 만드는 것은 바로 이런 자연스러운 감정이지요. (제가 생각해 낸 말은 아니에요. 셰익스피어의 어느 희곡에서 인용한 것입니다.)

그건 그렇고 하던 이야기로 다시 돌아갈게요. 최근에 발견한 비밀을 한 가지 알려드릴까요? 제가 허영심이 있다고 여기지 않으신다면 말씀드릴게요.

그럼 들어주세요.

전 예쁘답니다.

정말이에요. 방안에 거울이 세 개나 있는데도 그 사실을 모른다면 전 정말 바보멍청이에요.

한 친구로부터

추신. 이 편지는 소설에서 흔히 볼 수 있는 짓궂은 익명의 편지입니다.

12월 20일

키다리 아저씨께

시간이 조금밖에 없어요. 아직 수업을 두 과목이나 더 들어야 하고, 트렁크와 옷가방에 짐을 꾸려 4시 기차를 타야만 하거든요. 하지만 보내주신 크리스마스 선물에 대해 제가 얼마나 감사하게 생각하고 있는지 말씀드리지 않고는 떠날 수가 없어요.

모피도 목걸이도 리버티 스카프도 장갑도 손수건도 책도 지갑도 모두모두 제 마음에 쏙 드는 것이었어요. 그리고 그 모든 것 중에서도 가장 좋은 건 바로 아저씨예요! 하지만 아저씨, 이런 식으로 제 버릇을 망치시면 안 돼요. 저는 한낱 인간, 그것도 젊은 아가씨란 말이에요. 이렇게 사치스러운 물건들로 제 마음을 흩어놓으시면 제가 어떻게 학업의 길에만 매진할 수 있겠어요?

이제야 존 그리어 고아원의 평의원님들 중에서 해마다 크리스마스트리를 보내주시고 일요일마다 아이스크림을 먹을 수 있게 해주신 분이 누구였는지 확실히 알겠어요. 이름은 밝히지 않으셨지만, 하시는 행동을 보아서 그분이 누군지 알겠어요! 아저씨는 좋은 일들을 많이 하고 계시니까 꼭 행복해지실 거예요.

안녕히 계세요. 그리고 즐거운 크리스마스를 보내세요.

아저씨의 영원한

주디 올림

추신. 약소하지만 저도 선물을 하나 보내드릴게요. 아저씨는 주디를 만나고 나서도 주디를 계속 좋아해주실 건가요?

❧

1월 11일

아저씨, 뉴욕에서 지내는 동안 편지를 쓰려고 했지만, 뉴욕은 사람의 마음을 홀딱 빼앗아 버리는 곳이었어요.

많은 것을 배우며 즐거운 시간을 보내고 오긴 했지만, 제가 그런 집안의 사람이 아니라는 것이 다행이라는 생각이 들어요! 차라리 존 그리어 고아원 출신이라는 게 훨씬 더 나은 것 같아요. 제 성장 과정에서 어떤 결점이 있었건 최소한 허위는 없었어요. 물질에 짓눌려 있다는 말이 무슨 뜻인지 이제야 알 것 같아요. 그 집안의 물질적인 분위기에 압도되어 저는 돌아오는 급행열차에 오를 때까지 숨도 한 번 제대로 쉬지 못했어요. 가구는 모두 조각이 되어 있고 장식이 되어 호화롭기 그지없었어요. 거기서 만난 사람들은 아름다운 옷을 입고 나지막한 목소리로 이야기를 나누는 상류 집안 사람들이었어요. 그렇지만 사실, 그 집에 도착해서 떠날 때까지 진심이 담긴 대화는 단 한 마디도 들어보지 못했어요. 생각이란 것은 그 집 현관으로 들어간 적이 한 번도 없을 것 같아요.

펜들턴 부인은 보석과 양장점과 사교모임 일정 같은 것 외에 다른 것은 생각하지 않는 것 같았어요. 같은 어머니이면서도 맥브라이드 부인과는 어쩜 그렇게 다를 수가 있을까요! 만일 결혼을 해서 가정이 생긴다면 가능한 한 맥브라이드네처럼 가정을 꾸릴 생각이에요. 이 세상의 돈을 모두 가진다고 해도 저는 제 아이들을 펜들턴 집안사람들처럼 키우고 싶지 않아요. 저를 초대해준 집안사람들을 나쁘게 말하는 건 예의에 어긋나는 일이겠지요? 그렇다면 부디 용서해주세요. 이 이야기는 아저씨와 저만의 비밀이에요.

저비 도련님과는 단 한 번 차 마시는 시간에 만났을 뿐, 그 때도 단 둘이 이야기를 나눌 기회는 없었어요. 정말 실망이 컸어요. 지난여름에는 함께 그토록 즐거운 시간을 보냈는데 말이에요. 그분은 친척들을 별로 좋아하지 않는 것 같았어요. 친척들도 그분을 별로 좋아하지 않긴 마찬가지였어요! 줄리아의 어머니는 그분이 정신적으로 좀 어떻게 된 모양이라고 말했어요. 그분은 사회주의자래요. 머리를 길게 기르거나 빨간 색 넥타이를 하지 않는 게 그나마 다행이라고 했어요. 부인은 그분이 어디서 그런 별난 사상을 주워 왔는지 상상도 할 수 없다고 했어요. 펜들턴 가문은 대대로 영국 국교회 신자거든요. 요트나 자동차나 폴로 경기용 말처럼 그럴 듯한 것에는 돈을 쓰지 않고 개혁이니 뭐니 하는 미친 짓에 돈을 쏟아 붓는다고 했어요. 그렇지만 그분은 사탕을 사는 데도 돈을 쓰신답니다! 줄리아와 저에게 크리스마스 선물로 한 상자씩 보내주셨거든요.

아저씨, 저도 사회주의자가 되려고 생각하고 있어요. 그래도 괜찮겠죠 아저씨? 사회주의자는 무정부주의자와는 전혀 달라요. 사람들을 폭탄으로 날려버리려는 생각은 하지 않거든요. 어쩌면 제가 사회주의자가 되는 건 당연한 일일지도 몰라요. 저는 무산계급에 속하니까요. 앞으로 어떤 사상을 가진 사람이 될지 아직은 결정하지 않았어요. 일요일에 그 문제를 곰곰이 생각해본 뒤에 다음 편지에서 제 결심을 분명히 밝히겠습니다.

뉴욕에 있는 동안 극장과 호텔과 아름다운 저택들을 많이 보았어요. 전 지금 오닉스며 금박이며 모자이크 바닥이며 종려나무 따위의 것들로 머릿속이 혼란스러워요. 아직도 숨이 막히는 기분이 들지만 학교로 돌아와서 다시 책을 볼 수 있어서 마음이 한결 편해졌어요. 저는 그야말로 뼛속까지 학생인가 봐요. 뉴욕에서보다는 이곳의 학구적인 평온한 분위기에서 기운이 더 나거든요.

대학 생활은 아주 만족스러운 삶의 형태예요. 책과 공부와 규칙적인 수업은 사람의 정신을 생동감 있게 해주거든요. 머리가 피곤해지면, 체육관에 가거나 바깥으로 나가서 운동을 해도 되고요. 게다가 나와 똑같은 생각을 하고 있는 마음 맞는 친구들이 언제나 가득해요. 우리는 저녁 내내 아무것도 하지 않고 수다를 떨고 또 떨다가 마치 세상의 절박한 문제들을 다 해결하기라도 한 것처럼 의기양양해져서 잠자리에 들어요. 그리고 틈만 나면 그때 그때 생기는 사소한 것들에 대해 엉뚱하고 실없는 농담을 하는데 그게 얼마나 재미있는지 몰라요. 우리는 우리의 위트에 대해 스스로 감탄하고 있답니다!

대단히 큰 기쁨만이 중요한 것은 아니에요. 작은 것에서부터 큰 기쁨을 끌어내는 것이 중요한 것이지요. 저는 행복이라는 것의 참된 비결을 알아냈어요 아저씨. 그것은 현재를 사는 것이에요. 지난 일에 대해 영원히 후회하거나 다가올 미래를 걱정하며 시간을 낭비하는 것이 아니라 바로 지금 이 순간에서 되도록 많은 것을 얻어내는 거예요. 그건 마치 농업과 비슷해요. 농업은 조방 농업과 집약 농업으로 나눌 수 있는데, 저는 앞으로 집약 농업과 같은 방식으로 살아갈 생각이에요. 매 순간순간을 즐겁게 살아갈 것이고, 또 즐겁게 지내고 있는 동안에도 내가 즐겁게 지내고 있다는 것을 지각하며 살아가기로 마음먹었어요. 대부분의 사람들은 살고 있는 게 아니에요. 그저 앞만 보고 달리고 있지요. 오직 저 멀리 지평선에 있는 결승점에 도달하기 위해 안간힘으로 달리는 거예요. 그렇게 한참 달리다 보면 숨이 턱까지 차서 헐떡거리게 되고 그러면 아름답고 평화로운 전원 속을 지나오면서도 그 풍경을 놓치게 되고 말아요. 그러다 결승점에 이르러서야 깨닫게 되지요. 자신들이 늙고 지쳐버렸다는 것과, 결승점에 도달하든 하지 않든 그건 별로 중요한 일이 아니라는 것을 말이에요.

결국엔 위대한 작가라는 결승점에 이르지 못하더라도, 저는 그 길가에 앉아 소소한 행복을 많이 쌓기로 했어요. 아저씨가 알고 계시는 분들 중에서 제가 되려고 하는 이렇게 훌륭한 여성 철학자가 또 있나요?

아저씨의 영원한

주디 올림

추신. 오늘 밤엔 비가 억수같이 쏟아지고 있어요. 방금 강아지 두 마리와 새끼 고양이 한 마리가 창턱에 내려앉았어요. (비가 억수같이 쏟아진다는 표현인 'It rains cats and dogs.'에서 따온 말- 옮긴이)

༄

친애하는 동지께

만세! 저도 이제 페이비언(영국의 점진적 사회주의 협회. 민주적 사회주의 국가 건설을 목표로 함- 옮긴이)이에요. 페이비언이란 기꺼이 때가 오기만을 기다리는 사회주의자예요. 우리는 하루아침에 사회 개혁이 일어나길 바라지는 않아요. 그렇게 되면 너무나 급작스러워 사회에 혼란이 올 테니 말이에요. 우리는 먼 장래에, 우리 모두 준비가 되어 충격을 견뎌낼 수 있을 때 매우 점진적으로 개혁이 일어나길 바란답니다.

그러는 동안 우리는 산업과 교육, 그리고 고아원 분야의 개혁을 실시하며 준비를 하고 있어야만 해요.

월요일, 셋째 시간

동지애를 가지고

아저씨의 주디 올림

∽

2월 11일

키다리 아저씨께

이번 편지가 너무 짧다고 언짢게 생각하진 마세요. 이것은 편지가 아니에요. 이제 곧 시험이 끝나면 편지를 쓰겠다고 알려드리는 단신이니까요. 그저 시험을 통과하는 것이 중요한 것이 아니라 우수한 성적으로 통과하는 게 중요하거든요. 장학금을 타고 있는 학생답게 말이에요.

공부에 열중하고 있는

∽

3월 5일
키다리 아저씨께

오늘 저녁에는 카일러 학장님이 현대 젊은이들의 경거망동에
대해 연설을 했습니다. 그분은 요즘 대학생들은 성실히 노력하거
나 진정한 학구열에 불탔던 예로부터의 정신을 잃어가고 있다고
말씀하셨어요. 특히 이런 경향은 조직화된 권위에 대한 우리의
불손한 태도에서 두드러지게 눈에 띈다고 말씀하셨어요. 우리는
우리의 윗사람들에게 마땅히 가져야 할 경의마저 보이지 않고 있
다는 거예요.

교회에서 나오며 아주 진지하게 생각해 보았어요.

제가 아저씨께 너무 버릇없이 굴었나요? 좀 더 예의를 갖추어
정중하게 아저씨를 대해야 할까요? 네, 그래야겠군요. 그럼 편지
를 처음부터 다시 시작할게요.

친애하는 스미스 씨께
저는 학기말 시험을 우수한 성적으로 통과하고 지금은 새 학기

공부를 시작했음을 전해드리니 아무쪼록 기뻐하시길 바랍니다. 정성 분석 과정을 끝마친 터라 화학을 마무리하고 생물학 연구를 하기 시작했습니다. 지렁이와 개구리를 해부한다는 말에 이 과목을 선택할 때 조금 망설여지긴 했습니다.

지난 주 예배 시간에는 남프랑스에 있는 로마 유적에 관해 굉장히 재미있고 유익한 강의를 들었습니다. 지금까지는 이 주제에 관해 이 정도로 명쾌한 설명을 들은 적이 없었습니다.

영문학 강좌와 관련하여 저희는 워즈워스의 《틴턴 수도원》을 읽고 있습니다. 매우 잘 쓴 작품이었습니다. 자연을 사랑하는 작가의 생각이 어찌나 구체적으로 표현되어 있던지요! 셰리, 바이런, 키이츠, 워즈워스 같은 시인들의 작품 속에 잘 나타나 있는 19세기 초의 낭만주의 경향이 그 이전의 고전주의보다 훨씬 더 제 마음을 끕니다. 시 이야기가 나왔으니 드리는 말씀인데, 테니슨의 '럭슬리 홀' 이라는 매력적인 작품을 읽어보셨는지요?

요즘은 체육관에 빠지지 않고 꼬박꼬박 출석하고 있습니다. 학생감 제도라는 것이 생겨 규칙에 따르지 않으면 매우 난처하게 되기 때문입니다. 체육관에는 이전 졸업생들이 기증한 시멘트와 대리석으로 지은 아주 아름다운 수영장이 있습니다. 룸메이트인 맥브라이드 양이 자신의 수영복을 저에게 주었습니다. 수영복이 줄어들어 더 이상 맞지 않게 되었기 때문입니다. 저도 한 번 수영을 배워볼까 생각중입니다.

어젯밤엔 디저트로 맛있는 분홍색 아이스크림을 먹었습니다.

식품에 색을 내는 데 여기서는 오로지 식물성 색소만 쓰고 있습니다. 학교 당국에서는 미감과 건강이라는 두 가지 차원에서 아닐린 색소의 사용을 엄격히 금지하고 있습니다.

요즘은 이상적인 날씨가 이어지고 있습니다. 화창한 날이 계속되다가 때로는 구름이 끼어 반가운 눈보라가 몰아치기도 합니다. 저와 친구들은 수업을 들으러 기숙사와 교실 사이를 오가는 것을 좋아합니다. 특히 수업을 듣고 돌아올 때가 더 좋습니다.

정중한 마음을 담아

제루샤 애벗 올림

✑

4월 24일

아저씨께

또다시 봄이 찾아왔어요! 교정이 얼마나 아름다운지 몰라요. 아저씨도 한 번 오셔서 보시면 참 좋을 텐데. 지난 금요일에 저비 도련님이 학교에 들르셨는데 시간을 참 잘못 고르셨어요. 하필 샐리와 줄리아와 제가 기차 시간에 맞춰 달려가고 있을 때 오셨지 뭐예요. 저희가 어디로 가고 있었는지 아세요? 프린스턴에서 무도회와 야구 경기에 초대받아 가던 길이었어요. 아저씨만 괜찮으시면요! 제가 가도 되는지 여쭤보지 않았던 건 아저씨의 비서가 안 된다고 말할 것 같아서였어요. 하지만 정식 절차를 거쳐서 일을 처리했어요. 학교로부터 외출 허가를 받았고 맥브라이드 부인이 저희 보호자로 함께 가주셨거든요. 정말 즐거운 시간을 보냈답니다. 하지만 자세한 내용은 생략할게요. 일일이 다 쓰기엔 너무 많은 일이 있어서 머릿속이 복잡하거든요.

토요일

날 샜라, 얼른 일어나렴! 야간 당직자가 저희-모두 여섯 명-를 깨워주었어요. 우리는 냄비에 커피를 끓이고(이렇게 찌꺼기가 둥둥 떠다니는 커피는 본 적이 없으실 거예요!) 해돋이를 보러 원트리 힐 꼭대기까지 3킬로미터를 걸어갔어요. 마지막 비탈에서는 거의 기다시피 했어요! 조금만 늦었어도 해님에게 질 뻔했네요. 아저씨는 우리가 너무 지친 나머지 입맛이 없어서 아침식사도 못했을 거라고 생각하시겠지요!

이런! 아저씨, 오늘은 계속 감탄하는 문체로 쓰고 있어요. 이 페이지는 온통 느낌표를 흩뿌려놓은 것 같네요.

　새 움이 돋아나고 있는 나무며, 운동장에 새로 만든 달리기 트랙이며, 내일 있을 생물학 시간의 엄청난 수업량이며, 호수에 띄운 새 카누 이야기며, 캐서린 프렌디스가 폐렴에 걸린 이야기며, 총장님의 앙고라 고양이가 집을 뛰쳐나가서 이주일 동안이나 퍼거슨관에서 살다가 기숙사 청소 담당자의 보고로 되찾았다는 이야기며, 저의 새 드레스 세 벌 ─흰색과 분홍색과 파란색 물방울 무늬 드레스와 거기에 잘 어울리는 모자─ 에 대한 이야기 등에 대해서 길게 쓸 생각이었지만 너무 졸려서 못 견디겠어요. 늘 이 핑계를 대는 것 같지요? 그렇지만 여자 대학이란 곳은 엄청나게 바쁜 곳이라서 하루가 끝날 때쯤이면 녹초가 되어 버린답니다! 특히 새벽부터 일어나서 하루를 시작한 날은 더 그래요.

이 녀석이 총장님의 새끼 고양이에요.
이 그림을 보시면 과연 앙고라가 맞구나
하고 생각하실 거예요.

5월 15일

키다리 아저씨께

전차에 탔을 때 다른 사람에겐 시선도 주지 않고 앞만 똑바로 보고 있는 것이 예의바른 행동일까요?

오늘 아주 멋진 벨벳 차림을 한 아름다운 부인이 전차에 탔는데, 무려 십오 분 동안이나 아무 표정도 없이 멜빵 광고판만 쳐다보고 있지 뭐예요. 자기만 중요한 인물이라도 되는 듯이 다른 사람들을 애써 거들떠보지도 않는 행동이야말로 무례한 일인 것 같아요. 게다가 그러면 많은 걸 놓치게 돼요. 그 숙녀분이 쓸데없이 광고판만 빤히 보는 사이, 저는 전차를 가득 메운 흥미로운 사람들을 관찰했거든요.

179

이 그림은 처음 그려 본 거예요. 실 끝에 매달린 거미처럼 보이겠지만, 전혀 그렇지 않답니다. 체육관 수영장에서 수영을 배우고 있는 제 모습을 그린 거예요.

수영 강사는 제 허리띠 뒤에 달린 고리에 밧줄을 걸어서 천장에 있는 도르래에 연결했어요. 이 방법은 강사의 성실성을 완전히 신뢰할 수만 있다면 더할 나위 없이 훌륭한 방법이에요. 하지만 저는 강사가 밧줄을 느슨하게 하지나 않을까 자꾸만 걱정이 되어 한쪽 눈은 불안하게 강사를 바라보고 다른 한 쪽 눈으로만 수영을 하는 터라, 이렇게 집중력을 분산시킨 상태로는 좀처럼 수영 실력이 늘지 않고 있어요.

요즘 날씨는 아주 변화무쌍해요. 편지를 쓰기 시작했을 땐 비가 왔는데 지금은 햇빛이 쨍쨍 비치네요. 샐리와 저는 테니스를 치러 밖으로 나갈 거예요. 그러면 체육관엔 안 가도 되거든요.

일주일 후

이 편지를 오래 전에 보냈어야 했는데 그러지 못했어요. 제가 편지를 제 날짜에 꼬박꼬박 보내드리지 않는다고 언짢으신 건 아니지요? 저는 아저씨께 편지를 쓰는 게 정말 좋아요. 왠지 저에게도 근사한 가족이 있는 것 같은 기분이 들거든요. 비밀 한 가지 알려드릴까요? 제가 편지를 쓰는 사람이 아저씨만 있는 게 아니에요. 두 명이 더 있어요! 이번 겨울에 저비 도련님으로부터 길게 잘 쓴 편지를 여러 통 받았어요. (줄리아가 필체를 알아보지 못하도록 겉봉엔 타자기로 쳐서 보내죠.) 이렇게 발칙한 이야기 또 들어보셨나요? 그리고 또 거의 매주 프린스턴에서 노란 편지지에 휘갈겨 쓴 편지가 와요. 이런 편지를 받으면 저는 사무적으로 즉시 답장을 보내요. 이제 아시겠죠. 저도 다른 여자애들과 다르지 않다는 걸요. 저도 이렇게 남자들에게서 편지를 받는답니다.

제가 졸업반 연극부원으로 뽑혔다는 말씀을 드렸었나요? 연극부원은 정말 고르고 골라 뽑는답니다. 천 몇이나 되는 학생들 중에서 일흔다섯 명만 뽑거든요. 철저한 사회주의자인 제가 이 모임에 가입했다는 것에 대해 어떻게 생각하세요?

요즘 제가 사회학의 어느 분야에 관심을 갖고 있는지 아세요? 저는 지금(기대하시라!) '보호자가 없는 아동의 복지'에 관한 논문을 쓰고 있어요. 교수님이 여러 주제가 적힌 종이를 섞어서 무작위로 나누어 주었는데, 그 주제가 저에게 떨어졌지 뭐예요. 정말

놀라운 일이지 않나요?(이 문장은 주디가 프랑스어로 썼음- 옮긴이)

저녁 식사 종이 울리네요. 가다가 우체통에 이 편지를 넣어야 겠어요.

사랑을 담아

J.

❧

6월 4일
아저씨께

저는 요즘 몹시 바쁘답니다. 열흘 후엔 4학년의 졸업식이 있고 내일부터는 시험이 시작되거든요. 공부할 것도 산더미 같고 꾸려 야 할 짐도 산더미 같아요. 그런데 바깥 풍경이 너무나 아름다워 서 안에만 있으려니 마음이 괴로워져요.

하지만 신경 쓰시진 마세요. 방학이 다가오고 있으니까요. 줄 리아는 올 여름에 해외로 나간대요. 이번이 벌써 네 번째 해외여 행이래요. 아저씨, 돈이 균등하게 분배되지 않는다는 것은 분명 한 사실이에요. 샐리는 여느 때처럼 애디론댁에 간다고 해요. 그 럼 저는 어디로 갈 것 같으세요? 아마 아저씨는 세 가지로 추측하실 테지요? 록 윌로우 농장에 갈 거냐고요? 틀렸어요. 샐리와 함께 애디론댁으로 가냐고요? 틀렸어요. (다시는 그런 말은 꺼내지 않을 거예요. 작년에 실망한 걸로도 충분하거든요.) 또 다른 건 생각나지 않으세요? 아저씨는 그다지 창의력이 풍부하진 않으시네요. 아저씨께서 반대하지 않겠다고 약속하신다면 말씀드릴게요. 아저씨의 비서에게도 제가 이미 결심을 굳혔다는 것을 미리 알려드립니다.

이번 여름은 찰스 패터슨 부인과 함께 바닷가에서 지낼 생각입니다. 이번 가을에 대학에 들어가는 따님의 가정교사로 일하기로 했거든요. 그 부인은 맥브라이드 집안을 통해 알게 되었는데 아주 매력적인 분이세요. 작은 따님의 영어와 라틴어 공부도 봐주기로 했는데 제 시간도 어느 정도 쓸 수 있을 것이고 한 달에 50달러나 벌 수 있어요! 정말 엄청난 돈이지요? 그쪽에서 그렇게 제안한 것이지 저는 쑥스러워서 25달러 이상을 달라는 말은 하지도 못했을 거예요.

9월 첫째 주에 매그놀리어(부인이 살고 있는 곳이에요)의 일이 끝나면, 전 아마 록 윌로우에 가서 남은 3주일을 보내게 될 거예요. 셈플 씨 부부와 다정한 동물들도 모두 다시 보고 싶어요.

제 계획을 보니 어떤 생각이 드세요 아저씨? 보시는 바와 같이 제가 자립하고 있어요. 아저씨가 저를 스스로 서게 해 주신 덕분에 이젠 저 혼자서도 걸어갈 수 있을 것 같아요.

프린스턴 대학의 졸업식과 우리 시험이 딱 겹쳐버렸어요. 어떻게 이런 일이 생겼을까요. 샐리와 저는 그날에 맞춰 이곳을 떠나려 했는데 말 그대로 불가능한 일이 되어 버렸어요.

안녕히 계세요 아저씨. 즐거운 여름 보내시고 새로운 한 해를 대비하여 푹 쉬시고 가을에는 재충전하셔서 돌아오세요. (이건 아저씨가 저에게 쓰셔야 할 말이에요!) 아저씨가 여름에 무엇을 하시는지 어떻게 여가를 보내실지 저는 도무지 알 수가 없네요. 아저씨가 지내시는 환경이 상상이 되지 않으니까요. 골프를 치시나요? 사냥을 하시나요? 승마를 하시나요? 아니면 그저 햇볕을 쬐고 앉아 사색에 잠기시나요?

아무튼, 무엇을 하시든지 즐겁게 지내시길 바랍니다. 그리고 주디를 잊지 마세요.

⁙

6월 10일
아저씨께

이렇게 쓰기 힘든 편지는 처음이에요. 하지만 저는 이미 제가 어떻게 해야 할지 결정을 했고, 다시 결심을 되돌리는 일은 없을 거예요. 이번 여름에 저를 유럽으로 보내주시겠다니 정말 다정하고 마음 씀씀이가 너그러우세요. 사실 저도 그 생각에 잠깐 동안 들떠 있었어요. 하지만 흥분을 가라앉히고 다시 차분히 생각해

본 결과 사양하는 것이 옳은 것 같아요. 아저씨가 주시려는 학비를 거절했던 제가 단지 즐기는 데 아저씨의 돈을 쓰다니요. 그건 앞뒤가 맞지 않는 일이에요. 아저씨, 저를 너무 호사스러운 생활에 젖어들게 만들지 마세요. 사람은 자기가 가져본 적이 없던 것은 아쉬워하지 않아요. 하지만 일단 그것이 태어날 때부터 당연히 그의 것이고 그녀의 것이라고(영어에서는 대명사가 더 필요해요) 생각하며 인생을 시작했다면, 그런 것이 없어졌을 땐 견딜 수 없이 힘들어져요. 샐리와 줄리아와 함께 지내는 건 금욕주의를 고수하는 저에겐 큰 시련이나 다름없어요. 그 애들은 갓난아기 때부터 많은 것을 가지고 있었어요. 그래서 행복을 당연한 것처럼 여기고 있어요. 자기들이 원하는 것이면 무엇이든 이 세상이 주어야 한다고 생각하는 것 같아요. 실제로 세상은 그렇게 하고 있을지도 몰라요. 어떤 경우에라도 그 사실을 알고 빚을 갚고 있는 것 같아요. 하지만 제 경우엔 세상은 저에게 아무것도 갚아야 할 의무가 없고, 그 사실을 애초에 분명히 말해주었어요. 저는 신용으로 무엇을 빌릴 권리도 없어요. 그래서 언젠가는 세상이 저의 요구를 거부하는 날이 올 거예요.

마치 은유의 바다 한가운데서 허우적거리는 것 같네요. 그래도 제 말의 의미를 잘 움켜잡으셨길 바랍니다. 어쨌든 저는 이번 여름에 가정교사를 하면서 자립의 발판을 닦는 것만이 제가 할 수 있는 정당한 일이라고 생각해요.

매그놀리어에서 4일 후

바로 여기까지 썼을 때 어떤 일이 일어났는지 아세요? 하녀가 저비 도련님이 보낸 엽서를 가지고 왔어요. 그분도 이번 여름에 외국으로 가실 예정이래요. 하지만 줄리아나 그 가족과 함께 가는 것이 아니라 혼자서만 가는 거래요. 그래서 저는 아저씨도 저더러 보호자 부인을 따라 해외로 가라고 권유하셨다고 말씀드렸어요. 저비 도련님도 아저씨에 대해 알고 계세요. 우리 부모님이 돌아가시자 어떤 친절한 신사분이 저를 대학에 보내주셨다는 정도로 알고 계세요. 존 그리어 고아원과 그 밖의 다른 이야기에 대해서는 차마 말씀드릴 용기가 나지 않았어요. 그분은 아저씨가 저의 후견인이고 아주 오래전부터 집안끼리 알고 지낸 친구분이라고 알고 계세요. 아저씨를 만나본 적이 없다는 말은 하지 않았어요. 몹시 이상하게 생각할 거니까요.

어쨌든 그분은 제가 유럽에 가야 한다고 했어요. 유럽에 가는 것은 제 교육에 꼭 필요한 것이니 거절해선 안 된다고 말이에요. 뿐만 아니라 그분도 그 무렵 파리에 있으니 때때로 보호자 부인의 눈을 피해 신기하고 이국적인 멋진 식당에서 함께 식사를 하자고도 했어요.

아저씨, 정말 솔깃한 제안이었어요. 하마터면 거의 넘어갈 뻔했다니까요. 그분이 지나치게 강압적으로 말하지만 않았어도 전 완전히 넘어갔을지도 몰라요. 차근차근 말하면 설득당할 수 있어도 강요하면 거부하는 성격이거든요. 그분은 제가 분별없고 어리석고 비합리적이며 공상가에 바보천치에 고집불통 어린애라고 했어요. (이건 그분이 저에게 퍼부었던 모욕적인 형용사들 중 극히 일부일 뿐이에요. 나머지는 생각도 안 나네요.) 게다가 저더러 무엇이 자기에게 이득이 되는지 알지도 못한다며 손윗사람들의 판단에 귀를 기울여야 된다고 했어요. 우리는 거의 말다툼을 할 뻔 했어요. 생각해보니 우린 분명 말다툼을 했어요!

어쨌거나, 저는 당장 짐가방을 싸서 이곳으로 와버렸어요. 아저씨에게 쓰던 편지를 끝마치기 전에 이 문제를 결정 짓는 편이 낫겠다고 생각했거든요. 그 문제는 재고의 여지도 없이 마무리되었고 이젠 돌이킬 수도 없어요. 저는 클리프 탑(패터슨 부인의 별장 이름이에요)에 짐을 풀었고 플로렌스(작은 따님)는 제1장 어형변화 명사와 씨름하고 있는 중이에요. 고생깨나 할 게 분명해요! 보기 드문 응석받이로 자랐거든요. 우선은 공부를 하는 방법부터 가르쳐야겠어요. 그 애는 이제껏 아이스크림소다를 마시는 것보다 어려운 일에는 전혀 집중해본 적이 없거든요.

우리는 해안 절벽 한 구석의 고즈넉한 곳을 공부방으로 사용하고 있어요. 패터슨 부인이 아이들을 집밖으로 데리고 나가길 원하시거든요. 하지만 눈앞에 펼쳐진 푸른 바다와 그 위를 항해하는 배들을 보고 있노라면 오히려 제가 정신을 집중하기가 어려워져요! 게다가 외국을 향해 나아가고 있는 배들 중 하나에 타고 있는 상상을 하니 더욱 그래요. 하지만 저는 라틴어 문법 외에는 생각하지 않기로 마음을 추슬렀어요.

a 또는 ab, absque, coram, cum, de, e 또는 ex, prae, pro, sine, tenus, in, subter, sub, super 같은 전치사들은 탈격을 지배한다.

보셨죠, 아저씨. 저는 지금 눈앞의 유혹을 완강히 외면한 채 오로지 일에만 전념하고 있어요. 부디 언짢게 생각하진 말아주세요. 그리고 아저씨의 친절함에 감사할 줄도 모르는 배은망덕한 아이라고 생각하지도 말아주세요. 언제나, 언제나 감사하고 또 감사하게 생각하고 있어요. 아저씨의 은혜를 갚는 유일한 방법은 매우 쓸모 있는 시민이 되는 것이에요. (여자도 시민일까요? 아무래도 그렇지 않은 것 같아요.) 어쨌든 매우 쓸모 있는 사람이 될게요. 그러면 아저씨는 저를 보시며 "저 매우 쓸모 있는 사람을 내가 키워냈소."라고 말씀하실 수도 있을 거예요.

정말 기분 좋은 말이지요, 아저씨? 하지만 너무 기대하진 않으셨으면 좋겠어요. 저는 항상 훌륭한 사람이 될 수 없을 거란 생각이 들거든요. 장래를 계획하는 것은 재미있는 일이지만, 결국은 다른 사람들과는 조금도 다르지 않은 그저 평범한 사람이 되고 말 가능성이 높아요. 저는 고작 장의사하고나 결혼하여 남편의 작업에 영감을 불어넣어 주기나 하겠지요.

아저씨의 영원한

✑

8월 19일

키다리 아저씨께

제 방 창밖으로 펼쳐진 경치가 너무 아름다워요. 바다 경치라고 해야겠지요. 사방이 온통 물과 바위뿐이니까요.

여름이 가고 있어요. 오전에는 두 돌머리 학생들에게 라틴어와 영어와 대수를 가르친답니다. 메리언이 대학교에 들어갈 수나 있을지, 들어간다 해도 끝까지 계속 다닐 수 있을지 모르겠어요. 플로렌스의 경우엔, 전혀 가망이 없어요. 그렇지만 그 애는 어리고 예뻐요. 예쁘기만 하면 머리야 나쁘든 말든 아무 상관없는 게 아닐까요? 하지만 그 애들과 대화를 하면 남편들이 지루해 할 거라는 생각이 드는 건 어쩔 수 없네요. 용케 운이 따라주어 멍청한 남편을 만나지 않는다면 말이에요. 하지만 충분히 가능한 일일 거라 생각해요. 세상엔 멍청한 남자들이 넘쳐나니까요. 저도 이번 여름에 그런 남자들을 몇몇 만나봤어요.

오후에는 해안 절벽을 따라 산책을 하고, 파도가 잔잔하면 수영도 한답니다. 바닷물에서는 수영하는 게 무척 쉬워요. 그동안 수영 연습한 것을 벌써 이렇게 써먹게 되네요!

　파리에 있는 저비스 펜들턴 씨에게서 편지가 도착했어요. 짧고 간단한 편지였어요. 그분의 조언을 따르지 않아 아직도 화가 덜 풀린 것 같았어요. 하지만 그분이 때를 맞춰 돌아오시면 새 학기가 시작하기 전에 록 윌로우에서 며칠 만나 뵐 수 있고, 그리고 제가 아주 상냥하고 다정하게 고분고분 대하면 다시 저를 좋게 봐주실 수도 있을 거예요.

　샐리에게서도 편지가 왔어요. 9월에 2주 정도 자기네 캠프에 와달라는 내용이었어요. 아저씨의 허락을 받지 않으면 안 되나요? 아니면 아직은 제가 하고 싶은 대로 할 수 있는 때가 아닌 건가요? 아니요, 저는 그런 때가 왔다고 생각해요. 저도 이제 사학년이라고요. 여름 내내 일을 했으니까 건강에 도움이 되도록 휴식을 취하고 싶어요. 애디론댁도 보고 싶고 샐리도 만나고 싶어요. 샐리의 오빠도 보고 싶어요. 저에게 카누 타는 법을 가르쳐준다고 했단 말이에요. 그리고 (이것이 가장 큰 동기이긴 하지만) 저비 도련님이 록 윌로우에 왔을 때 제가 거기 없다는 걸 보여주고 싶어요. 그분이 저를 이래라 저래라 할 수 없다는 걸 알려주고 싶어요. 아저씨 외엔 그 누구도 저에게 이래라 저래라 할 수 없어요. 그리고 아저씨라고 항상 그러실 수 있는 것도 아니에요! 저는 이제 숲으로 출발합니다.

주디 올림

맥브라이드 캠프에서

9월 6일

키다리 아저씨께

아저씨의 편지가 제때 오지 않았어요. (이렇게 말할 수 있게 되어 기뻐요.) 아저씨의 지시에 따르게 하시고 싶으시면, 적어도 이주 전에는 비서 분에게 일러두셔야 할 거예요. 보시다시피 저는 벌써 5일 전부터 여기에 와 있는걸요.

이곳의 숲은 정말 근사해요. 캠프도, 날씨도, 맥브라이드 가족도, 이 세상 모든 것이 그래요. 저는 무척 행복하답니다!

지미가 함께 카누를 타러 가자고 부르고 있네요. 안녕히 계세요. 말씀을 듣지 않아서 죄송해요. 하지만 아저씨는 왜 저를 잠시라도 놀게 놔두지 않으세요? 여름 내내 일했던 제가 이주일 정도는 놀아도 될 것 같은데요. 아저씨는 지독한 심술쟁이예요.

하지만, 그런 결점에도 불구하고 그래도 아저씨가 좋아요.

주디 올림

10월 3일

키다리 아저씨께

학교로 돌아왔습니다. 이제 저도 4학년이 되었어요. 게다가 교지 먼슬리의 편집장이 되었어요. 저처럼 지적인 여성이 4년 전엔 존 그리어 고아원의 원생이었다니 정말 믿기 어려운 일이지요?

미국에서는 모든 일이 정말 빨리 이루어지네요!

아저씨 이걸 어떻게 생각하세요? 저비 도련님이 록 윌로우로 보낸 편지가 이곳으로 전송되었어요. '유감스럽게도 이번 가을에는 그곳으로 갈 수가 없군. 친구들이 요트를 타러 오라는 초청을 받아들여 버렸거든. 시골 경치를 즐기며 즐거운 여름을 보내길 바란다.' 이렇게 쓰여 있지 뭐예요. 제가 맥브라이드 가족과 함께 있었다는 것을 줄리아가 말해줘서 다 알고 있었을 게 뻔한데! 자고로 이런 계략은 여자들에게나 맞는 일이에요. 남자들은 이런 걸 감쪽같이 꾸며댈 수가 없거든요.

줄리아는 황홀할 정도로 아름다운 옷을 가방 한 가득 싸들고 왔어요. 무지갯빛 리버티 크레이프 천으로 만든 이브닝 가운은 천국의 천사들에게나 어울릴 법한 옷이었어요. 그리고 올해는 제 옷도 전례 없이(이런 말이 있나요?) 아름다운 것들이었어요. 싸구려 양장점의 도움을 얻어 패터슨 부인의 옷을 본뜬 옷이에요. 부인의 옷과 완전히 똑같지는 않았지만 줄리아가 옷 가방을 열기 전까지는 완전히 만족하고 있었어요. 하지만 지금은 어떻게 해서든 꼭 파리에 가보고 싶어요!

아저씨, 여자로 태어나지 않아서 천만다행이라고 생각하지 않으세요? 우리 여자들이 옷을 가지고 유난을 떠는 게 정말 한심한 일이라고 생각하시겠지요? 그래요. 그건 분명해요. 하지만 그건 전적으로 남자들 탓이에요.

불필요한 장식을 경멸하고, 합리적이고 실용성을 강조한 디자인의 옷을 여성들에게 장려한 어느 교수의 이야기를 들어본 적이 있으세요? 그의 부인은 순종적이어서 남편의 말을 따라 '의복 개혁'을 받아들였어요. 그랬더니 무슨 일이 일어난 줄 아세요? 글쎄 그 교수는 합창단원과 눈이 맞아 달아나 버렸대요.

아저씨의 영원한

주디 올림

추신. 저희 층 복도를 담당하는 청소부 아주머니는 푸른색 체크무늬 앞치마를 두르고 다녀요. 저는 푸른색 대신 갈색 앞치마를 사다 주고는 푸른색 앞치마는 호수 밑바닥으로 처넣어 버리고 싶어요. 그 앞치마를 볼 때마다 옛날 생각이 나서 등골이 오싹하고 소름이 돋거든요.

11월 17일

키다리 아저씨께

저의 문학 인생에 어두운 그림자가 드리워졌어요. 아저씨께 말씀 드려야 할지 말아야 할지 모르겠지만, 조금은 아저씨의 위로를 받고 싶어요. 아무런 말씀없이 마음으로만 위로해 주세요. 아저씨의 다음번 편지에 이 이야기를 언급해서 제 상처를 다시 일깨우지는 말아주세요.

저는 지난겨울 내내 저녁마다, 그리고 여름 내내 돌머리 아이 둘에게 라틴어를 가르칠 때만 빼고는 계속 소설을 쓰고 또 썼답니다. 학기가 시작하기 전에 원고를 마무리 해서 출판사에 보냈어요. 출판사에서 두 달 동안 연락이 없어서 저는 제 소설을 마음에 들어 하는 줄로 확신했어요. 하지만 어제 아침 속달 소포가 도착했어요(우편료 30센트). 제 원고가 출판사에서 보낸 편지 한 통과 함께 되돌아왔던 거예요. 대단히 친절하고 자상했지만 솔직한 편지였지요! 출판사에서는 주소를 보고 제가 아직 대학생인 것을 알게 되었다면서, 제가 충고를 받아들일 생각이 있다면 우선은 학업에 매진하고 졸업 후에 글을 쓰는 편이 좋겠다고 했어요. 원고 검토인의 의견서도 동봉되어 있었어요. 이런 내용이었어요.

"줄거리가 지나치게 비현실적임. 성격묘사가 과장됨. 대화는 부자연스러움. 유머는 풍부하나 고상하지 않음. 계속 열심히 쓰다 보면 언젠가는 제대로 된 책을 쓸 수 있을 거라고 전해주기 바람."

가망이라곤 없어 보이죠 아저씨? 저는 제가 미국 문학사에 한 획을 그을 작품을 쓰고 있다고 생각했거든요. 진심으로 말이에요. 졸업 전에 훌륭한 소설을 써서 아저씨를 깜짝 놀라게 해 드릴 계획이었어요. 이야기의 소재는 지난 크리스마스 휴가 동안 줄리아네 집에서 지내면서 모은 것이었어요. 그 편집자의 지적이 맞았어요. 대도시의 예절과 관습을 관찰하는 데 2주는 충분하지 않았던 것 같아요.

어제 오후 산책길에 그 원고를 가지고 나갔어요. 보일러실에 다다랐을 때, 저는 작업자에게 불을 좀 써도 되겠느냐고 물었어요. 그는 친절하게도 화로의 문을 열어 주었고, 저는 제 손으로 그 원고를 던져 넣어 버렸어요. 제 자식을 화장하는 듯한 심정이었어요!

어젯밤엔 완전히 낙담해서 잠자리에 들었어요. 결국 저는 아무 짝에도 쓸모없는 사람이 될 것이고 아저씨가 돈만 낭비하시도록 만들었다는 생각을 했어요. 하지만 어떻게 생각하세요? 오늘 아침에 잠에서 깨어나니 머릿속에 새롭고 더 훌륭한 줄거리가 떠올랐지 뭐예요. 온종일 등장인물들을 구상했어요. 이렇게 행복할 수가 없네요.

그 누가 저를 비관론자라고 비난할 수 있겠어요! 저는 하루아침에 지진으로 남편과 자식 열둘을 잃게 되더라도, 다음날 아침엔 힘차게 일어나 다시 새로운 가정을 꾸릴 테니까요.

애정을 담아,
주디 올림

12월 14일
키다리 아저씨께

어젯밤에 진짜 이상한 꿈을 꾸었어요. 서점에 들어가자 점원이 새로 나온 책을 하나 가져다주었는데 제목이 《주디 애벗의 삶과 편지》였어요. 분명하게 알아볼 수 있었어요. 붉은 헝겊으로 된 책 표지에는 존 그리어 고아원 사진이 있었고 속표지에는 제 사진과 그 아래에 '아주 진실한, 당신의 주디 애벗'이라는 문장이 쓰여 있었어요. 그런데 제 묘비명을 읽으려고 마지막 장을 펼치려던 순간, 꿈에서 깨어났어요. 엄청 짜증이 났어요! 누구랑 결혼을 하고 언제쯤 죽게 될지 알 수 있는 순간이었는데 말이에요.

전지적 작가에 의해 완벽하게 사실적으로 쓰인 자신의 인생 이야기를 실제로 읽을 수 있다면 정말 재미있을 것 같지 않으세요? 단, 책의 내용을 절대 잊어버리지 못하고, 자신이 한 일이 어떤 결과를 가져올지 미리 알고, 죽게 될 시간을 정확히 미리 알면서 살아가야 한다는 조건으로 책을 읽을 수 있다면, 그 책을 읽을 용기가 있는 사람이 과연 몇이나 될까요? 혹은, 희망도 놀라움도 없이 살아가게 될 걸 알면서도 그 책을 읽고 싶은 호기심을 억제할 수 있는 사람이 몇이나 될까요?

인생은 기껏해야 단조로울 뿐이에요. 먹고 자는 일을 계속 되풀이해야 하니까요. 하지만 매 끼니 사이에 예상치 못한 일이 하나도 일어나지 않는다면 인생이 얼마나 무미건조하겠어요. 어이쿠! 아저씨, 잉크 얼룩이 생겨버렸네요. 하지만 벌써 석 장 째 써서 새 종이에 다시 쓸 수도 없어요.

올해도 또다시 생물학 공부를 하고 있어요. 아주 재미있는 과목이거든요. 지금은 소화 기관에 대해 공부하고 있어요. 현미경으로 보는 고양이의 십이지장 단면이 얼마나 예쁜지 아저씨도 보셔야 하는데.

그리고 이젠 철학도 배우고 있어요. 재미는 있는데 이해하기가 어렵네요. 저는 배우고 있는 주제를 명확하게 알 수 있는 생물학이 더 좋아요. 한 방울 또 떨어졌어요! 또 한 방울 더요! 이 펜은 눈물을 많이 흘리네요. 펜이 흘린 눈물을 너그럽게 봐주세요.

아저씨는 자유의지를 믿으세요? 저는 굳건하게 믿어요. 모든 행동이 관계가 적은 원인들의 집합에 의한 절대적으로 불가피하고도 필연적인 결과라는 철학자들의 말에는 동의하지 않아요. 이렇게 부도덕한 학설은 처음 들어봐요. 어떤 짓을 해도 아무에게도 책임이 없다는 말이잖아요. 운명론을 믿는 사람은 가만히 앉아서 "신의 뜻대로 되기를……"이라고 말하며 죽어서 쓰러질 때까지 계속 그렇게 앉아 있겠지요.

저는 저의 자유의지와 성취 능력을 굳게 믿고 있어요. 믿음만 있으면 산도 움직일 수 있다지요. 제가 위대한 작가가 되는 걸 보시게 될 거예요! 새로 쓰고 있는 소설을 4장이나 완성했고 5장도 초안은 구상해 놨거든요.

이번 편지는 퍽 심도 깊은 내용이 되어버렸네요. 머리 아프시죠 아저씨? 이만 줄이고 퍼지나 만들어야겠어요. 한 조각 보내드릴 수 없어서 아쉬워요. 이번에는 진짜 크림과 버터도 세 덩이나 넣어 만들 거거든요.

애정을 담아,
주디 올림

추신. 체육 시간에 팬시 댄스를 배우고 있어요. 그림을 보시면 제법 그럴듯한 무용단 같다는 걸 아실 수 있을 거예요. 맨 끝에서 우아하게 발끝으로 돌기를 하고 있는 사람이 바로 저랍니다.

12월 26일

친애하고 친애하는 아저씨께

아저씨 도대체 무슨 생각으로 그러신 거예요? 여자아이에게 크
리스마스 선물을 열일곱 가지나 보내시다니요? 전 사회주의자라
고요. 그 사실을 잊지 마시길 바랍니다. 저를 갑부로 만들기라도
할 작정이세요?

아저씨와 제가 티격태격하기라도 한다면 얼마나 당혹스러운
일이겠어요! 아저씨가 보내주신 선물을 되돌려 보내려면 짐마차
라도 빌려야 할 지경이에요.

제가 보내 드린 넥타이가 너무 흐느적거려서 죄송해요. 제가
직접 뜬 거예요. (아마도 안쪽을 보고 짐작하셨겠지만요.) 추운 날에
만 매시되 단추를 끝까지 잠그시면 될 거예요.

아저씨 고맙습니다. 고맙고 또 고마워요. 아저씨는 세상에서 가
장 다정다감한 남자일 거예요. 그리고 가장 어리석은 남자이기도
하고요!

주디 올림

맥브라이드네 캠프에서 가져온 네잎클로버를 보내 드려요. 새
해에 행운을 가져다 드릴 거예요.

&

1월 9일

아저씨, 영원한 구원을 보장받을 수 있는 일을 하고 싶지 않으
세요? 이곳에 찢어지게 가난한 가족이 있거든요. 부모와 네 아이
가 살고 있고, 위로 두 아들은 돈을 벌어오겠다며 집을 나간 후 한
푼도 보내오질 않아요. 아버지는 유리 공장에서 일을 하다 폐결
핵에 걸려(유리 공장 일이 건강에 몹시 나쁜 일이거든요.) 지금은 병
원에 입원해 있어요. 이제껏 저축해 놓은 돈은 병원비로 다 써버
렸고, 스물네 살 된 큰딸이 가족들을 부양하는 책임을 떠맡았어
요. 큰딸은 하루에 1달러 50센트를 받고 재봉일을 하고(그것도 일

이 있는 날만 그래요.) 밤에는 식탁보에 수를 놓는 일을 해요. 어머니는 몸이 약한데다 무능력해서 종교에만 의지하고 있어요. 딸이 과로와 책임과 걱정으로 죽을 지경인데 어머니라는 사람은 체념한 듯 두 손을 모아 가만히 앉아 있기만 하지요. 큰딸은 겨울을 어떻게 날 수 있을지 모르겠대요. 제가 보기에도 마찬가지예요. 백 달러만 있어도 석탄도 사고, 세 아이들이 학교에 갈 수 있도록 신발도 살 수 있어요. 남은 돈으로 며칠간은 일이 없더라도 그렇게 죽을 만큼 걱정하지 않을 수도 있어요.

아저씨는 제가 아는 사람 중에 제일 부자세요. 백 달러 정도만 도와주실 수 없으세요? 큰딸은 예전의 저보다도 더 도움을 받아 마땅한 사람이에요. 큰딸 때문이 아니라면 부탁드리지도 않을 거예요. 그 어머니에겐 무슨 일이 일어나든 상관없어요. 어쩜 그렇게 의지가 약할까요.

그렇지 않다는 걸 분명히 알면서도 하늘을 향해 눈알만 굴리면서 "이게 다 신의 뜻이야."라고 중얼거리는 사람들을 보면 저는 화가 치밀어 올라요. 겸손이든 체념이든 그걸 뭐라고 부르든 간에 그건 단지 무기력한 타성에 불과하다고요. 저는 좀 더 투쟁적인 종교가 좋아요!

철학 시간에는 가장 난해한 부분에 접어들었어요. 쇼펜하우어의 사상을 죄다 내일 하루 안에 끝마칠 거래요. 교수님은 우리가 다른 과목도 배우고 있다는 사실은 전혀 깨닫지 못하고 있는 것 같아요. 괴상한 노인이에요. 머리는 구름 속에 처박은 듯 생각에 빠져 이리저리 걷다가 때때로 딱딱한 땅을 밟고 현실로 돌아오면 얼떨떨하게 눈만 깜박깜박해요. 재치 있는 말도 섞어가며 강의를 알기 쉽게 하려고 애쓰긴 하는데, 저희가 아무리 웃으려고 노력해 봐도 하나도 웃기지 않은 농담이에요. 교수님은 수업이 없을 때면, 물질이 실제로 존재하는지 아니면 단지 물질이 존재한다고 생각하는 것인지에 대해 고민을 한답니다.

바느질 하는 큰딸은 그런 고민은 하지 않을 거예요. 물질이 존재한다는 것에 대해 추호의 의심도 없을 테니까요!

새로 쓴 제 소설이 어디 있는지 아세요? 휴지통에 있어요. 아무리 봐도 형편없는 작품이거든요. 제 작품을 사랑하는 저조차도 그걸 알 정도니, 비판적인 대중의 평가야 오죽하겠어요?

며칠 뒤

아저씨, 아파서 침대에 누운 채로 편지를 씁니다. 편도선이 부어올라 이틀 내내 누워 있었거든요. 뜨거운 우유만 겨우 삼킬 수 있을 정도예요. 의사가 궁금하다는 듯 말했어요. "학생 부모님은 학생이 어릴 적에 왜 편도선 수술을 안 해주셨을까?" 그야 저도 잘 모르는 일이지만, 부모님이 저에게 관심이나 있었을는지 모르겠네요.

아저씨의 J.A. 올림

다음 날 아침

봉투를 봉하기 전에 편지를 다시 읽어봤어요. 왜 그렇게 슬픈 인생관을 갖고 있는지 모르겠어요. 그러니 서둘러 제가 어리고 행복하고 생기가 넘쳐흐른다는 걸 말씀드려야겠어요. 아저씨도 그러시리라 믿어요. 젊음은 나이와는 상관없고 오직 정신이 얼마나 생동감 넘치는지에만 달려 있으니까요. 그러니 백발이라도 아저씨도 여전히 소년이실 수 있어요.

애정을 담아,
주디 올림

❧

1월 12일
친애하는 자선가님께

아저씨께서 가난한 가족에게 보내신 수표가 어제 도착했어요.

정말 고맙습니다! 점심을 먹자마자 체육시간도 빼먹고 곧장 그 집으로 갔어요. 아저씨도 큰딸의 얼굴을 보셨어야 했는데! 너무나 놀라고 행복하고 안도한 나머지 얼굴이 더 젊어 보이지 않겠어요. 하긴 이제 겨우 스물넷인데 말이에요. 정말 안됐지요?

어쨌든 이제 큰딸은 좋은 일들이 한꺼번에 밀려오는 것 같은 기분을 느끼고 있어요. 앞으로 두 달 동안 할 일감도 얻었대요. 결혼을 앞둔 손님이 혼수 옷가지 일체를 맡겼대요.

"좋으신 하느님 감사합니다!"

그 작은 종이가 백 달러라는 걸 알게 된 뒤, 그 어머니가 이렇게 외쳤어요.

"좋으신 하느님이 주신 게 아니라, 키다리 아저씨가 주신 거예요."(물론 스미스 씨라고 말했죠.)라고 제가 말했어요.

"하지만 그분에게 그런 마음을 갖게 하신 분은 좋으신 하느님이시지요."라고 대꾸를 하지 뭐예요.

"절대 아니거든요! 그런 마음을 갖게 한 사람은 바로 저라고요."라고 제가 말해주었어요.

어쨌든 아저씨, 좋으신 하느님이 언젠가는 아저씨에게 적절한 보상을 하시리라 믿어요.

만 년 쯤은 연옥에 안 가셔도 될 거예요.

대단히 감사드리며,

주디 애벗 올림

～

2월 15일

위대하신 폐하께 아뢰옵니다.

오늘 아침 소신은 차가운 칠면조 파이와 거위 고기를 먹고, 이 때까지 한 번도 마셔보지 못한 중국 차 한 잔을 주문했사옵니다.

불안해하지 마세요, 아저씨. 정신이 나가서 그러는 게 아니랍니다. 새뮤얼 피프스(17세기의 유명 일기 작가- 옮긴이)의 글을 인용하고 있는 것뿐이에요. 영국 역사와 관련하여 피프스의 글을 원본으로 읽고 있거든요. 샐리와 줄리아와 저는 이제 1660년대의 언어로 대화를 나눈답니다. 다음 글을 보세요.

"소생은 채링크로스에 당도하여 해리슨 소령이 교수형에 처해져 내장이 끄집어내지고 사지가 찢겨나가는 것을 보았도다. 그자는 그런 상황에서도 어느 누구보다 밝은 낯빛을 하고 있었더라."

또 이런 구절도 있어요.

"전날 홍반열로 오라비를 잃고 연염한 상복을 입고 있는 귀부인과 석반을 함께 했도다."

손님 대접을 다시 시작하기엔 너무 이르지 않나요? 피프스의 친구는 오래되어 부패한 식량을 가난한 백성들에게 팔아서 국왕이 진 빚을 갚도록 하는 교활한 방법을 고안해 냈다고 해요. 개혁가인 아저씨가 보시기엔 어떠세요? 저는 요즘 사람들이 신문에 나오는 것만큼 나쁘지는 않다고 믿어요.

새뮤얼은 여자들만큼이나 옷에 관심이 많았다고 해요. 자기 아내보다 옷값을 다섯 배나 썼대요. 그때가 남편들의 황금기였나 봐요. 이런 도입부는 가슴이 찡하지 않나요? 그 사람은 정말 정직했어요.

"오늘 금단추가 달린 멋진 캠릿 망토가 집에 도착했는데 아주 비싸다. 내가 그 돈을 지불할 수 있기를 신께 기도드린다."

피프스에 대한 이야기만 늘어놓는 걸 용서하세요. 그 사람에 관한 특별 논문을 쓰고 있거든요.

아저씨는 어떻게 생각하세요? 자치회에서 10시 소등 규칙을 폐지했어요. 우리가 원하면 밤새도록 불을 켜놓고 있을 수도 있어요. 다른 학생을 방해하지 않는다는 조건하에서 말이에요. 그래서 여럿이 모여 떠들썩하게는 놀지는 못해요. 그 결과 인간 본성에 관한 놀라운 발견을 하게 되었어요. 얼마든지 밤새워 놀 수있게 된 후론 더 이상 아무도 밤새워 놀지 않는 거예요. 이젠 아홉 시 정각만 되면 꾸벅꾸벅 졸기 시작하고, 아홉 시 삼십 분이 되면 펜이 정신을 잃고 무릎 위로 곤두박질쳐요. 지금 아홉 시 삼십 분이네요. 안녕히 주무세요.

일요일

　방금 예배를 마치고 교회에서 돌아왔어요. 오늘은 조지아에서 오신 목사님의 설교를 들었어요. 목사님은 감정을 희생하면서까지 지성을 개발해서는 안 된다고 말씀하셨지만, 제 생각에는 빈약하고 무미건조한 설교가 아닐 수 없었도다. (피프스의 말투가 또 나오네요.) 미국의 어느 지역에서 왔든, 캐나다에서 왔든, 혹은 무슨 종파이건 간에 목사님들의 설교는 다 천편일률적이에요. 왜 목사님들은 남자학교로 가서 남학생들에게 지나치게 머리를 쓰느라 남성적인 본성이 망가지지 않도록 하라고 당부하진 않는 거지요?

　오늘 날씨는 멋지네요. 춥고 쌀쌀하고 쾌청하지요. 식사가 끝나는 대로 샐리와 줄리아와 마티 킨과 엘리너 프랫(제 친구들인데 아저씨는 모르실 거예요.)과 저는 짧은 치마를 입고 들판을 가로질러 크리스털 스프링 농장으로 가서 저녁으로 닭튀김과 와플을 먹고, 크리스털 스프링 씨에게 학교까지 짐마차로 데려다 달라고 할 거예요. 학교에는 일곱 시까지는 들어오도록 되어 있지만, 오늘은 좀 늦춰서 여덟 시까지 들어오려고 해요.

　안녕히 계세요. 친절한 아저씨.

아저씨의 가장 충직하고, 충실하며, 성실하고,
순종하는 종이 된 것을 망극한 광영으로 생각하는,
주디 애벗 올림

3월 5일

친애하는 평의원님께

내일은 이달의 첫 수요일이에요. 존 그리어 고아원에서는 무척
고된 날이지요. 오후 다섯 시가 되어 평의원님들이 아이들의 머
리를 쓰다듬어 주고 집으로 돌아가면 모두들 얼마나 마음이 놓일
까요! 아저씨도 혹시(개인적으로) 제 머리를 쓰다듬어 주신 적이
있나요? 그런 것 같지는 않아요. 제가 기억하기론 뚱뚱한 평의원
님들밖에 없었거든요.

고아원 사람들에게 부디 제 사랑을 전해주세요. 저의 진심 어
린 사랑을 말이에요. 4년이라는 아득한 세월을 지나 되돌아보니
조금은 그리운 마음이 드네요. 처음 대학에 왔을 때는 다른 아이
들이 누린 정상적인 유년시절을 저 혼자만 강탈당한 것 같아 몹
시 분개하기도 했지요. 하지만 이젠 그렇게 생각하지 않아요. 아
주 특별한 경험이었다고 생각하고 있거든요. 고아원 생활을 했기
에 한 걸음 물러나 인생을 바라볼 수 있게 되었으니까요. 다 자라
고 보니, 저는 풍족하게 자라난 사람들에겐 부족한, 세상을 보는
안목을 갖게 되었어요.

제 주위엔 자신이 행복한지도 모르는 친구들(예를 들면 줄리아)
이 많이 있어요. 행복감에 젖어 있다 보니 이젠 행복함을 느끼는

감정이 둔해져 버린 거지요. 하지만 제 경우엔 말이에요, 제 인생 매 순간순간 행복하다고 느끼고 있어요. 아무리 힘든 일들이 생겨나도 계속해서 행복하다고 생각할 작정이에요. 힘든 일 따위는 (그게 충치라 할지라도) 흥미로운 경험이라고 생각하며 어떤 느낌이 드는지 기꺼이 받아들일 거예요. '내 머리 위의 하늘이 어떤 모습이더라도, 나는 운명을 받아들일 용기가 있다.'

그렇지만 아저씨, 존 그리어 고아원에 대한 이런 새로운 감정을 너무 글자 그대로 받아들이진 않으셨으면 해요. 제게 아이가 다섯 명이 있다고 해도, 루소처럼 아이들을 천진하게 키우겠다는 핑계로 자식을 고아원 계단에 버리고 오진 않을 테니까요.

리펫 원장님께 제 애정 어린 안부를 전해주세요. (이 말은 진심이에요. 사랑을 전해 달라고 한다면 좀 과할 것 같아요.) 그리고 제 성품이 얼마나 좋아졌는지 전해주시는 것도 잊지 마세요.

사랑을 담아,
주디 올림

∾

록 윌로우에서
4월 4일

아저씨께

이 편지의 소인을 보셨나요? 샐리와 저는 부활절 연휴 동안 록 월로우에 와 있어요. 열흘간의 휴가를 보내는 최고의 방법은 조용한 곳에서 지내는 거라고 생각했거든요. 퍼거슨에서는 단 한 끼도 더 먹을 수 없을 만큼 신경이 곤두서 있었어요. 피곤한 몸으로 사백 명의 여학생들과 한 방에서 밥을 먹는 일을 더 이상 견딜 수 없었어요. 입에 손나팔을 대고 소리를 지르지 않으면 식탁 맞은편에 앉은 친구의 목소리조차 듣지 못할 만큼 시끄러웠거든요. 정말이에요.

샐리와 저는 언덕을 오르고 책을 읽고 글을 쓰며 즐겁고 편안한 시간을 보내고 있어요. 오늘 아침엔 '스카이 힐' 꼭대기에 올라갔어요. 언젠가 저비 도련님과 제가 저녁을 만들어 먹었던 곳이에요. 그때가 벌써 2년 전이라니 믿어지지가 않아요. 우리가 불을 피웠던 바위엔 여전히 연기로 검게 그을린 자국이 있어요. 어떤 장소가 어떤 사람들과 연관되어, 다시 그곳을 찾아갔을 때 그 사람들을 떠올리게 하는 건 참 신기한 일이에요. 그 곳에 머물렀던 2분 동안 저비 도련님이 곁에 없다는 생각에 쓸쓸한 기분이 들었어요.

아저씨, 제가 요즘 무슨 일들을 하고 있는지 아세요? 저를 구제 불능이라고 생각하실지도 몰라요. 글을 쓰고 있거든요. 3주 전에 시작해서 단숨에 쭉쭉 써내려가고 있어요. 드디어 비결을 깨달았거든요. 저비 도련님과 그 편집장의 말이 맞았어요. 자기가 잘 알고 있는 것에 대해 글을 쓸 때 가장 설득력이 있다는 것 말이에요. 그리고 이번에야말로 제가 알고 있는 것에 대해 남김없이 쓰고 있어요. 작품의 배경이 어디인지 짐작되세요? 바로 존 그리어 고아원이에요! 이번엔 제법 괜찮은 작품이 될 것 같아요, 아저씨. 매일 일어나는 소소한 일들에 관한 이야기를 쓰고 있어요. 저는 이제 사실주의 작가가 되었어요. 낭만주의는 버렸어요. 하지만 언젠가 모험으로 가득한 저만의 미래가 열린다면, 저는 다시 낭만주의자로 돌아갈 거예요.

이번에 쓰는 소설은 꼭 완성해서, 출판도 할 거예요! 그렇게 되는지 아닌지 두고 보세요. 무엇이든 간절히 원하고 노력을 멈추지 않는다면, 결국엔 해낼 수 있답니다. 저는 4년 동안이나 아저씨에게서 편지를 받기 위해 노력하고 있어요. 그리고 아직 그 희망을 버리지 않았답니다.

안녕히 계세요. 우리 아저씨.

(우리 아저씨라고 부르는 게 좋아요. 두운에 맞춘 느낌이랄까요.)

사랑을 담아,
주디 올림

추신. 농장 소식을 전해드린다는 걸 깜빡했네요. 아주 슬픈 소식이에요. 기분을 망치고 싶지 않으시다면 이 추신은 건너뛰시길 바랍니다.

가엾게도 늙은 그로버가 죽었어요. 너무 늙어 여물도 못 씹게 되자 총을 쏘아 떠나보내야만 했어요.

지난주엔 닭 아홉 마리가 족제비인지 스컹크인지 들쥐인지에게 물려 죽었어요.

암소 한 마리가 아파서 보니리그 사거리에서 수의사를 불러와야 했어요. 애머사이가 곁에서 아마씨유와 위스키를 먹이느라 밤을 꼬박 새웠어요. 하지만 우리는 그 가엾은 암소가 아마씨유밖에 먹지 못했을 거라고 짐작하고 있어요.

까칠한 토미(별갑색 얼룩 고양이)가 사라졌어요. 다들 덫에 걸린 건 아닌지 걱정하고 있어요.

세상에는 근심거리도 참 많지요!

❧

5월 17일
키다리 아저씨께

이 편지는 아주 짧을 거예요. 펜만 봐도 어깨가 아프거든요. 하루 종일 강의 내용을 받아 적고, 밤마다 불후의 명작을 집필하느라 글을 너무 많이 써서 그래요.

삼 주 후 수요일이 졸업식이에요. 그 때는 아저씨도 오셔서 저를 만나시겠지요. 오지 않으시면 아저씨를 미워할 거예요. 줄리아는 가족인 저비 도련님을 초대했고, 샐리도 가족인 지미 맥브라이드를 초대했지만, 저는 누굴 초대해야 하나요? 아저씨와 리펫 원장님뿐인데, 원장님은 초대하기 싫단 말이에요. 제발 와주세요.

사랑을 담아, 손에 쥐가 난
아저씨의 주디 올림

✺

록 윌로우에서
6월 19일
키다리 아저씨께

드디어 학업을 마쳤어요! 졸업장은 제일 좋은 옷 두 벌과 함께 서랍장 맨 아래 칸에 넣어두었답니다. 졸업식은 중요한 순간에 소나기가 몇 번 쏟아진 것만 빼곤 여느 해와 비슷했어요. 장미 꽃다발을 보내주셔서 감사합니다. 정말 예뻤어요. 저비 도련님과 지미도 장미꽃을 주었지만, 그것들은 욕조에 넣어 두고 아저씨가 보내주신 꽃다발을 안고 졸업 행진을 했답니다.

저는 지금 이번 여름을 보내려고 록 윌로우에 와 있답니다. 어쩌면 영원히 이곳에서 살게 될지도 몰라요. 하숙비도 싸고 주위 환경도 조용해서 글쓰기에 좋거든요. 치열하게 글을 쓰는 작가가 그 이상 무얼 바라겠어요? 저는 소설을 쓰느라 정신이 없답니다. 깨어 있는 매 순간순간 소설을 생각하고, 밤에는 그 꿈을 꾸지요. 평화롭고 조용하고 집필을 할 수 있는 충분한 시간만을(중간중간 영양가 많은 음식을 먹으면서요) 바랄 뿐이에요.

저비 도련님은 8월에 한 주 정도 여기서 지낼 거고, 지미 맥브라이드도 가끔 들를 거라고 했어요. 지미는 증권 회사에 다니고 있는데, 시골 여기저기를 다니며 은행에 증권을 팔고 있어요. 사거리에 있는 '전국 농업인 은행'에 다녀오는 길에 저를 보러 오기로 했어요.

이 정도면 록 윌로우에서도 사교 생활이 영 없지만은 않지요? 아저씨가 차를 타고 이곳을 지나가셨으면 좋겠어요. 하지만 이젠 그것이 전혀 가망 없는 일이란 걸 알고 있어요. 제 졸업식에 오시지 않는 걸 보고 저는 아저씨를 제 마음에서 도려내어 영원히 지워버렸거든요.

주디 애벗 올림.

7월 24일

사랑하는 키다리 아저씨께

일하는 건 정말 재미있어요. 혹시 아저씨는 일을 안 하시나요?
다른 어떤 일보다도 가장 하고 싶은 일을 할 때면 특히 더 즐겁지
요. 이번 여름 저는 펜이 나갈 수 있는 최고 속도로 글을 써 내려
가고 있어요. 그리고 제 생활에 불만이 딱 하나 있다면 그건 제 머
릿속에 떠오르는 아름답고, 중요하고, 즐거운 생각들을 다 글로
담을 수 있을 만큼 하루가 길지 않다는 거예요.

원고는 이제 막 두 번째 수정을 마쳤고, 내일 아침 7시 30분에
세 번째로 다듬을 생각이에요. 지금까지 보셨던 제 글 중에서 가
장 근사한 작품이에요. 정말 그래요. 글 이외에 다른 건 아무것도
생각나지 않아요.

아침이 되면 얼른 글을 쓰고 싶어서 옷 입고 밥 먹는 시간조차
아까울 정도예요. 그러고 나서 저는 쓰고 쓰고 또 쓰다가 어느 순
간 너무 지친 나머지 쓰러질 지경이 되지요. 그럴 땐 콜린(새로운
양치기 개)과 함께 밖으로 나가서 들판 위를 뛰어놀며 다음 날에
쓸 새로운 소재를 얻는답니다. 이렇게 아름다운 소설은 처음일
거예요. 앗, 죄송해요. 아까도 말씀드렸던 건데.

제가 자만하고 있다고 생각하시는 건 아니지요, 아저씨?

그런 건 정말 아니에요. 다만 제가 지금 몹시 흥분해 있어서 그래요. 시간이 좀 지나고 나면 냉정하고 비판적인 태도로 콧방귀를 뀔지도 몰라요. 아니, 절대 그러지는 않을 거예요! 이번에야말로 제대로 된 소설을 썼으니까요. 조금만 기다려 주세요.

잠깐만 다른 이야기를 할게요. 지난 5월에 애머사이와 캐리가 결혼했다는 걸 말씀드렸던가요? 두 사람은 여전히 이곳에서 일을 하고 있는데 제가 보기엔 결혼하고 나서 두 사람 사이가 전보다 나빠진 것 같아요.

전에는 애머사이가 진흙탕을 걸어 다니고 마루 위에 재를 떨어뜨리고 다녀도 웃어넘기던 캐리가 이제는 말이죠, 잔소리를 어찌나 해대는지요! 이젠 머리를 예쁘게 말지도 않는다니까요. 전에는 자상하게 양탄자를 털고 장작을 옮겨주던 애머사이가 이제 그런 부탁을 하면 투덜대기나 해요. 그뿐만 아니라 애머사이도 결혼 전엔 진홍색이나 보라색 넥타이를 매더니 이젠 우중충한 검정이나 갈색을 매고 다녀. 전 절대 결혼하지 않겠다고 마음먹었어요. 결혼은 뭐든지 나쁘게 만드는 과정인 게 틀림없어요.

농장 소식은 별다른 게 없어요. 가축들은 모두 최고로 건강한 상태예요. 돼지들은 유난히 살찌고 젖소들도 느긋해 보이고, 암탉들도 달걀을 쑥쑥 낳고 있어요. 닭을 기르는 데 관심이 있으세요? 그러시다면 '암탉 한 마리가 일 년에 달걀을 200개나 낳는 방법'이라는 연구 자료를 추천해 드릴게요. 내년 봄에는 부화기를 써서 저도 영계를 길러보려고 해요. 록 윌로우에 아예 눌러앉아

버릴까 싶어요. 앤서니 트롤로프의 어머니처럼 114편의 소설을 쓸 때까지 여기 머무르기로 결정했어요. 그러고 나면 필생의 사업을 마무리하고 은퇴해서 여행을 다니는 거죠.

지난 일요일엔 지미 맥브라이드가 여기 왔어요. 저녁으로 닭튀김과 아이스크림을 먹었는데, 지미는 둘 다 아주 맛있게 먹었어요. 지미를 만나서 몹시 반가웠어요. 잠시나마 넓은 세상이 존재한다는 걸 일깨워 줬거든요. 지미는 가엾게도 증권을 팔러 다니느라 애를 먹고 있어요. 사거리에 있는 '전국 농업인 은행'에서는 6퍼센트나 혹은 7퍼센트 이자만 내면 되는데도 증권을 사주지 않는대요. 제 생각에 지미는 결국 우스터에 있는 집으로 돌아가서 아버지의 공장 일을 하게 될 것 같아요. 너무 솔직하고 남을 쉽게 믿고 친절한 마음씨를 갖고 있어서 금융업자로 성공하기엔 어려울 테니까요. 하지만 번성하고 있는 작업복 공장의 지배인 자리도 꽤 괜찮을 것 같아요. 지금이야 지미가 작업복 따위는 대수롭게 여기지 않고 있지만 결국엔 그 일을 하게 될 거예요.

글을 하도 쓰는 통에 손에 쥐가 난 사람에게서 이렇게 긴 편지를 받았다는 사실에 기뻐하시길 바랍니다. 하지만 저는 지금도 아저씨를 사랑하고 많이 행복해요. 주변엔 온통 경치가 아름답고, 먹을 것이 많고, 기둥이 네 개가 달린 아늑한 침대에, 새 원고지도 쌓여 있고 잉크도 가득한 지금 더 이상 무얼 바라겠어요?

언제나 아저씨의

주디 올림

추신. 우체부가 몇 가지 새로운 소식을 전해주었어요. 저비 도련님이 다음 주 금요일에 와서 한 주 동안 머물 거래요. 정말 즐거운 일이지만 제 소설이 가엾게도 수난을 당할 것 같아요. 저비 도련님은 여간해선 만족하지 않는 분이거든요.

❧

8월 27일
키다리 아저씨께

아저씨, 지금 어디 계세요?

아저씨가 어느 곳에 계시는지는 모르겠지만, 이렇게 지독한 날씨에 뉴욕에는 계시지 않으셨으면 좋겠네요. 어느 산꼭대기에서 (스위스 말고 가까운 곳에서요) 눈을 보며 제 생각을 하시면 좋겠어요. 꼭 제 생각을 해주세요. 전 지금 너무나 외로워서 누가 저를 생각해 줬으면 좋겠어요. 아, 아저씨, 제가 아저씨를 안다면 얼마나 좋을까요! 그러면 슬픔에 잠길 때 서로를 위로해 줄 수도 있을 테니까요.

록 윌로우에는 더 이상 머물 수 없겠어요. 다른 곳으로 떠날까

218

생각중이에요. 샐리는 이번 겨울에 보스턴에서 사회 복지 사업을 시작할 거래요. 아저씨 생각엔 제가 샐리를 따라가는 게 좋을 것 같으세요? 그러면 둘이서 작은 아파트를 하나 얻어서, 샐리가 복지 업무를 하는 동안 저는 글을 쓰고 저녁에는 함께 지낼 수도 있거든요. 이곳은 대화 상대라곤 셈플 부부와 캐리와 애머사이밖에 없어서 저녁이 무척 지루해요. 아파트를 얻어서 살겠다고 하면 아저씨가 탐탁하게 여기지 않으실 거란 짐작이 가요. 아마 아저씨의 비서가 이렇게 편지를 보내겠지요.

제루샤 애벗 양께

아가씨, 스미스 씨께서는 아가씨가 계속 록 윌로우에 머무르길 바라십니다.

친애하는
엘머 H. 그릭스

전 아저씨의 비서가 싫어요. '엘머 H. 그릭스' 라는 이름의 남자는 호감이 가지 않을 게 분명해요. 하지만 아저씨, 저는 꼭 보스턴에 가야 해요. 더 이상 이곳에 남아 있을 수가 없어요. 지금 당장 어떤 변화를 주지 않는다면, 저는 극심한 절망감에 사로잡혀 건초 저장 사일로(큰 탑 모양의 저장고-옮긴이) 속으로 몸을 던질지도 몰라요.

이런! 정말 덥네요. 풀은 바싹 타들어가고 시냇물은 마르고 길에는 먼지가 풀풀 날려요. 몇 주일째 비가 한 방울도 내리지 않았거든요.

이 편지를 보면 제가 공수병에라도 걸린 줄 아시겠지만, 그렇진 않아요. 다만 가족이 필요할 뿐이에요.

안녕히 계세요. 사랑하는 나의 아저씨.

아저씨를 뵐 수 있으면 좋겠어요.

주디 올림.

∽

록 윌로우에서

9월 19일

아저씨께

저에게 어떤 문제가 생겼는데 조언이 필요해요. 이 세상에서 다른 누구도 아닌 바로 아저씨의 조언이 필요해요. 저를 만나 주실 수 없을까요? 편지로 쓰는 것보다 말로 하는 게 훨씬 나을 것 같아요. 아저씨의 비서가 편지를 열어볼지도 모르고요.

추신. 지금 몹시 불행해요.

∽

록 윌로우에서
10월 3일
키다리 아저씨께

아저씨가 직접 손으로 쓰신 편지를 오늘 아침에 받았어요. 손을 많이 떠셨더군요. 그동안 편찮으셨다니 마음이 아파요. 그 사실을 진작 알았더라면 제 개인적인 일로 아저씨께 걱정 끼쳐드리지 않았을 텐데요. 그럼 제 문제에 대해 말씀드릴게요. 편지로 쓰기엔 조금 복잡하고 아주 사적인 일이에요. 그러니 이 편지를 보고 나서는 불태워 주세요.

말씀 드리기 전에 1000달러짜리 수표를 동봉해 드립니다. 제가 아저씨께 수표를 다 보내다니 우스운 일이 다 있지요? 이 돈이 어디서 났을까요?

제 소설이 팔렸어요, 아저씨. 7회에 걸쳐 연재된 후에 책으로 묶여 출간될 거래요! 제가 몹시 기뻐서 나머지 날뛰고 있을 거라 생각하시겠지만, 그렇진 않답니다. 조금도 감흥이 없어요. 물론 아저씨께 돈을 갚기 시작한 건 기쁘게 생각해요. 드려야 할 돈이 아직 2천 달러도 넘게 남아 있지만 몇 번에 걸쳐 갚아 드릴 생각이에요. 아저씨께 빚을 갚을 수 있게 되어 얼마나 기쁜지 몰라요. 그러니 제발 수표를 받으시는 걸 언짢게 생각하지 말아주세요. 저는 단지 돈뿐만이 아닌 크나큰 은혜를 입었고, 그 은혜는 평생 살아가면서 감사와 사랑으로 보답해 드릴 거예요.

그럼 이제 그 이야기를 말씀드릴게요, 아저씨. 제가 좋아할지 않을지는 신경 쓰지 마시고, 가장 현실적인 조언을 해주세요.

제가 늘 아저씨에게 아주 특별한 감정을 가졌던 건 아저씨도 아실 거예요. 아저씨는 제 가족 전부를 합한 분이니까요. 하지만 제가 아저씨가 아닌 다른 남자에게 더 특별한 감정을 갖고 있다고 말씀드려도 기분 상하지 않으실 거지요? 아저씨도 그 사람이 누군지 별로 어렵지 않게 짐작하실 수 있으실 거예요. 제가 생각해도 제 편지에 저비 도련님의 이야기로 가득해진지 꽤 오래됐으니까요.

그간 제 편지를 통해 그분이 어떤 사람이고 우리가 얼마나 마음이 잘 통하는지 아저씨도 느끼셨을 거라 생각해요. 우리는 모든 일에 있어 생각이 같아요. 그분의 생각에 제 생각을 맞추려는 게 아닐까 싶을 정도니까요! 하지만 대체로 그분은 옳아요. 저보다 14년이나 먼저 인생을 시작했으니 그래야 마땅한 일이기도 해요. 하지만 어떤 면에서 그분은 덩치만 큰 아이 같을 때도 있어서 보살핌을 받아야 해요. 비가 오는데도 비옷 입을 생각을 도무지 하지 않거든요. 그분과 저는 언제나 같은 것을 재미있어 하곤 해요. 두 사람의 유머감각이 정반대라면 얼마나 끔찍할까요. 그 괴리감을 이어줄 수 있는 건 아무것도 없을 테니까요!

그런데 그분은 말이죠! 그분은 평소 모습 그대로인데 전 그분을 그리워하고, 그리워하고 또 그리워해요. 온 세상이 텅 빈 듯 마음이 아파 견딜 수가 없어요. 달빛이 미워져요. 달빛은 이토록 아름다운데 그분이 곁에 없어 함께 볼 수 없으니까요. 하지만 아저씨도 누군가를 사랑해 본 적이 있으시겠죠? 그러시다면 제가 굳이 설명해드리지 않아도 아실 거예요. 그렇지 않으시다면 제가 뭐라 설명해도 모르실 테고요.

아무튼, 이게 지금의 제 심정이에요. 그런 제가 그분의 청혼을 거절했어요.

이유는 말하지 않았어요. 저는 아무 말도 하지 못한 채 비참한 심정으로 가만히 있기만 했어요. 뭐라고 말해야 할지 아무 생각도 떠오르지 않았어요. 그러자 그분은 제가 지미 맥브라이드와 결혼하고 싶어 한다는 오해를 안고 떠나버렸어요. 지미와 결혼할 생각은 조금도 없어요. 지미는 어른이 되려면 아직도 한참 멀었거든요.

하지만 저비 도련님과 저는 지독한 오해의 늪에 빠져버린 채서로의 마음에 상처를 주었어요. 제가 그분을 떠나보냈던 이유는 제가 그분을 좋아하지 않아서가 아니라, 그분을 너무도 많이 좋

아하기 때문이에요. 나중에 그분이 저와 결혼한 것을 후회할까
봐 두려웠어요. 그렇게 된다면 저는 견딜 수 없을 거예요! 부모
형제도 없는 저 같은 사람이 그분 같이 훌륭한 가문의 사람과 결
혼한다는 것은 염치없는 짓이란 생각이 들었어요. 그분께 한 번
도 고아원에 대해 말하지 않았던 건, 제 자신이 누군지조차 모른
다는 사실을 말하긴 싫었기 때문이에요. 어쩌면 겁에 질려버렸던
건지도 몰라요. 그분의 가문은 자긍심이 높거든요. 그건 저도 마
찬가지고요!

그뿐만 아니라, 아저씨께 책임감도 들려요. 작가가 되려고 교
육을 받았으면, 최소한 작가가 되려는 노력이라도 해야 한다고
말이에요. 아저씨의 도움으로 교육을 받아놓고는 결혼을 해서 배
운 걸 써먹지 않는다는 건 옳지 못한 행동이니까요. 하지만 이제
돈을 갚을 수 있을 테니까, 조금이나마 은혜를 갚은 기분이 들어
요. 게다가 만일 결혼을 하더라도 작가 생활은 계속 해나갈 수 있
을 거예요. 결혼과 작가 생활 둘 다 병행하는 것이 불가능하지만
은 않을 테니까요.

그 문제에 대해서는 무척 고심해봤어요. 물론 저비 도련님은
사회주의자이니, 인습에 얽매이는 분은 아니에요. 어쩌면 가난한
사람들과 결혼하는 것에 대해 다른 남자들처럼 크게 신경 쓰지
않으실지도 몰라요. 두 사람의 마음이 같고, 함께 있으면 늘 행복
하고 떨어져 있으면 외롭다는 건 아마도 이 세상에서 둘을 갈라
놓을 수 있는 것이 아무것도 없다는 뜻일 거예요. 물론 저도 그렇

게 믿고 싶어요! 하지만 저는 아저씨의 냉정한 의견을 듣고 싶어요. 아저씨도 좋은 가문의 사람이실 테니, 인정에 휩싸이지 마시고 현실적인 관점으로 판단해 주세요. 아저씨께 이런 말씀을 드리는데 제가 얼마나 많은 용기를 내야 했는지 아시겠지요.

저비 도련님을 찾아가서 문제는 지미가 아니라 존 그리어 고아원 때문이라고 말씀드리는 건 너무 힘든 일이겠지요? 엄청나게 많은 용기가 필요할 거예요. 차라리 남은 인생 동안 비참하게 사는 편이 나을지도 몰라요.

그런 일이 있은 지도 두 달이 지났네요. 그분이 이곳을 떠난 후로는 한 마디 소식도 듣지 못했어요. 무너져 버린 마음을 겨우 추스를 즈음 줄리아에게서 받은 편지 한 통이 또 다시 제 마음을 온통 휘젓고 말았어요. 줄리아는 대수롭지 않게 '저비 삼촌이 캐나다에 사냥을 하러 갔다가 폭풍우를 만나 밤새 비를 맞고 폐렴에 걸려 내내 앓고 있다'고 했어요. 저는 그런 줄도 몰랐어요. 그분이 한마디 말도 없이 사라져버린 줄로만 알고 마음이 상해 있었거든요. 그분도 몹시 슬퍼하고 있는 것 같아요. 저도 마찬가지고요!

제가 어떻게 해야 좋을까요?

주디 올림

〰️

10월 6일

사랑하는 키다리 아저씨께

그럼요, 당연히 가야죠. 다음 주 수요일 오후 4시 30분에 찾아뵐게요. 물론 길을 찾아갈 수 있어요. 뉴욕에는 세 번이나 가봤고 저도 어린애가 아닌걸요. 아저씨를 진짜로 만나 뵐 수 있다니 정말 꿈만 같아요. 오랫동안 아저씨를 마음속으로만 그리며 지내왔기 때문에 아저씨가 뼈와 살로 만들어진 진짜 사람이라는 생각이 들지 않았거든요.

아저씨, 건강도 좋지 않으신데 저까지 신경 써주셔서 정말 고맙습니다. 감기 안 걸리게 조심하세요. 가을비는 몹시 축축하거든요.

애정을 담아,
주디 올림

추신. 방금 무서운 생각이 들었어요. 아저씨 댁에도 집사가 있나요? 제가 집사를 무서워하는데, 집사가 문을 열어준다면 저는 그 자리에서 기절할지도 몰라요. 그 분에게는 뭐라고 말해야 하나요? 아저씨는 이름을 알려주지 않으셨잖아요. 스미스 씨를 찾아왔다고 하면 될까요?

~

목요일 아침

사랑하는 나의 저비 도련님이자 키다리 아저씨 펜들턴 스미스
씨께

어젯밤엔 잘 주무셨나요? 저는 그러지 못했어요. 한숨도 못 잤
어요. 너무나 놀라고 흥분이 되어 어찌할 바를 몰랐거든요. 그리
고 행복했어요. 다시는 잠을 잘 수도 먹을 수도 없을 것만 같아요.
그래도 당신만은 잘 주무셨기를 바랍니다. 그래야 얼른 나아서
저를 만나러 오실 수 있을 테니까요.

아, 당신이 그렇게 아팠는데도 저는 아무것도 모르고 있었다는
사실에 견딜 수 없이 괴로워요. 어제 의사가 저를 택시에 태워주
면서 지난 사흘 동안 당신은 아무런 가망도 없었다는 말을 해주
었어요. 그럴 수가! 만일 그런 일이 일어났더라면 제가 있는 세상
을 비추는 빛들은 모두 사라져버리고 말았을 거예요. 아주 먼 훗
날 우리 둘 중 하나가 먼저 떠나게 되는 날이 오겠지만, 적어도 그
때까지는 우리가 행복하게 살아온 추억을 간직하며 살아갈 수 있
을 테지요.

당신의 기운을 북돋워드리려고 했는데 생각해보니 오히려 제가 기운을 내야겠네요. 상상도 못할 만큼 행복한 순간이 찾아왔지만, 또 그만큼 생각도 많아지네요. 무슨 일이 일어날지도 모른다는 두려움에 제 마음에 그늘이 드리워지네요. 그동안 저에겐 잃어도 아쉬울 만큼 소중한 것이 아무것도 없었기에, 아무런 근심걱정 없이 태평할 수 있었어요. 하지만 이젠 남은 인생 동안 크나큰 걱정을 안고 살게 되었어요. 당신이 제 곁에 없을 때마다 저는 자동차가 당신을 덮치지는 않을까, 간판이 당신의 머리 위로 떨어지진 않을까, 아니면 징그러운 벌레가 꿈틀대다 당신의 입속으로 들어가지나 않을까 하고 걱정하게 될 거예요. 제 마음의 평화는 이제 영영 사라지고 말았어요. 하지만 어차피 저는 그저 평범한 평온함 따위엔 관심도 없어요.

부디 얼른 나으세요. 얼른 얼른요. 당신을 손닿을 만큼 가까이에 두고 어루만지며 당신의 존재를 확인하고 싶어요. 당신과 함께 했던 삼십 분은 어쩌나 빨리 지나갔던지요! 꿈을 꾼 건 아닌지 두려워요. 제가 당신의 가족이라도 된다면(아주 먼 사돈의 팔촌 정도만 됐어도) 날마다 당신을 보러가서 책도 크게 읽어 드리고 베개도 매만져 드리고, 당신 이마의 잔주름 두 줄도 펴 드리고, 따뜻하고 기분 좋은 미소가 다시 입가에 떠오르게도 해 드렸을 텐데요. 하지만 다시 기운이 나셨지요? 어제 제가 돌아오기 전에 당신은 그렇게 보였어요. 의사 선생님이 저보고 훌륭한 간호사라고 말했어요. 당신이 10살은 더 젊어 보인다고요. 사랑에 빠진다고 해서

날마다 열 살씩 젊어지진 않았으면 좋겠어요. 당신은 제가 열한 살처럼 보여도 여전히 저를 사랑해주실 건가요?

어제는 제 인생에서 최고로 멋진 날이었어요. 아흔아홉 살까지 산다 해도 어제 있었던 일은 아주 세세한 부분조차 잊지 못할 거예요. 새벽에 록 윌로우를 떠났던 여자애가 밤에는 완전히 다른 사람이 되어 돌아왔어요. 셈플 부인이 새벽 네 시 반에 저를 깨워주셨어요. 어둠 속에서 잠을 깨면서 제 머릿속에 처음으로 든 생각은 '드디어 키다리 아저씨를 만나러 간다!'였어요. 부엌에서 촛불을 켜고 아침을 먹고 화려하게 물든 10월의 거리를 지나 기차역까지 8킬로미터를 달려갔어요. 역으로 가는 길에 태양이 떠올랐어요. 그리고 단풍나무와 말채나무는 불타는 듯 울긋불긋했고 돌담과 옥수수밭은 서리로 뒤덮여 반짝였어요. 맑고 산뜻한 공기엔 왠지 모를 기대감이 어려 있었어요. 뭔가 좋은 일이 일어날 거라는 예감이 들었어요. 기차를 타고 가는 내내 "너는 키다리 아저씨를 만날 거야."라는 선로의 노래가 들려왔어요. 마음이 푸근해졌어요. 아저씨는 제 문제를 해결해주실 수 있을 거라는 믿음이 있었거든요. 어디선가 아저씨보다 더 사랑하는 누군가가 저를 보고 싶어한다는 느낌도, 어떻게든 돌아오기 전에 그분을 꼭 만나봐야겠단 생각도 들었어요. 결국 어떻게 됐는지는 아시겠죠!

메디슨 가에 있는 집에 이르렀을 때, 집이 엄청나게 크고 으리으리해서 도무지 들어갈 엄두를 낼 수 없었어요. 다시 용기를 내보려고 근처를 한 바퀴 돌았어요. 그런데 그렇게 걱정할 필요가 없었지 뭐예요. 집사가 아주 친절하고 자상해서 단박에 마음이 편안해졌거든요.

"애벗 양이시지요?"

집사가 물었고 저는,

"네."

라고 대답했어요. 스미스 씨를 만나러 왔다는 말은 할 필요도 없었어요. 집사는 저에게 응접실에서 기다리고 있으라고 했어요. 그곳은 어둡고 엄숙한 분위기를 풍기는, 남자의 공간이었어요. 저는 커다란 의자 끝에 앉아 혼잣말을 되풀이했어요.

"드디어 키다리 아저씨를 만난다! 드디어 키다리 아저씨를 만난다!"

이윽고 집사가 돌아와서 저에게 서재로 가자고 했어요. 저는 너무나 떨린 나머지 다리가 후들거려 발걸음도 제대로 떼지 못했어요. 서재 문 앞에 이르렀을 때 집사가 저를 돌아보며 속삭였어요.

"주인님은 몹시 편찮으셨답니다, 아가씨. 의사가 어제까지만 해도 자리에 앉지도 못하게 했을 정도였으니까요. 그러니 오래 계시지는 않으시겠지요? 주인님이 흥분하시기라도 하면 큰일이니까요."

집사의 말 속엔 당신을 사랑하는 마음이 배어 있었어요. 참 좋은 분이에요.

그러고 나서 집사는 방문을 두드리고 말했어요.

"애벗 양 오셨습니다."

제가 방으로 들어서자 집사는 방문을 닫아주었어요.

밝은 복도에 있다가 갑자기 어두운 방안으로 들어갔더니 잠깐 동안은 아무것도 보이지 않았어요. 잠시 뒤 벽난로 앞에 놓인 커다란 안락의자와 반짝거리는 탁자 곁에 놓인 작은 의자가 눈에 들어왔어요. 그리고 한 남자가 베개를 받치고 무릎에 담요를 덮은 채 큰 의자에 앉아 있다는 것을 알아차렸어요. 제가 말릴 틈도 없이 그 사람은 몸을 비틀거리면서도 자리에서 일어나 의자 등받이를 짚고 간신히 선 채로 아무 말 없이 저를 바라보고만 있었어요. 그리고, 그리고…… 그때서야 저는 그 사람이 당신이라는 것을 알게 되었어요! 하지만 저는 그렇게 당신을 보면서도 무슨 일인지 영문을 알 수 없었어요. 그저 키다리 아저씨가 저를 놀라게 해주거나 아니면 당신과 만나게 해주려고 당신을 부른 거라고 생각했어요.

그러자 당신은 웃으며 손을 내밀었어요. 그리고 말했죠.

"주디 양, 내가 키다리 아저씨라는 걸 정말 몰랐나?"

그 순간 지난 일들이 제 머리를 스쳐 지나갔어요. 아, 전 정말 바보였어요! 제가 좀 똑똑했더라면 눈치챌 수 있는 일들이 숱하게 많았는데. 전 명탐정은 못 되겠지요, 아저씨? 아니, 저비? 제가 당신을 뭐라고 불러야 좋을까요? 그냥 저비라고 부르기엔 예의가 없는 것 같고, 당신에게 무례하긴 싫거든요!

의사가 와서 방을 나서기 전까지 30분 동안은 정말 꿈같은 시간이었어요. 기차역에 다다랐을 때 저는 거의 넋이 나간 나머지 세인트 루이스 행 기차를 탈 뻔 했어요. 당신도 얼떨떨하긴 마찬가지였나 봐요. 저에게 차를 권하는 것도 잊었으니 말이죠. 그래도 우린 정말, 정말 행복했지요? 록 윌로우로 돌아오는 어두운 길에 별은 어쩌나 빛나던지요! 오늘 아침에는 콜린을 데리고 당신과 함께 했던 곳을 모두 돌아봤어요. 당신이 내게 했던 말과 그때 당신의 모습을 기억하면서 말이에요. 오늘따라 숲은 청동빛으로 반짝이고 공기는 시리도록 맑아요. 언덕을 오르기에 딱 좋은 날씨예요. 당신이 이곳에 와서 저와 함께 언덕을 오른다면 얼마나 좋을까요? 당신이 사무치게 그리워요, 저비. 하지만 정말 행복한 그리움이네요. 우린 곧 함께 할 테니까요. 마음속으로만 서로를 원하는 것을 벗어나 이제 우린 진정 서로의 사랑이 되었어요. 제가 드디어 누군가의 사람이 되다니 신기하지 않나요? 정말정말 가슴 설레는 일이네요. 앞으로는 단 한순간도 당신을 실망시키지 않을 거예요.

언제나 영원한 당신의
주디

추신. 이것은 제가 난생 처음으로 쓴 연애편지예요. 제가 연애편지를 쓸 줄 안다니 우습지 않나요?

세상의 편견과 차별을 뛰어넘은
가장 사랑스러운 편지 묶음

편지 속에 담긴 고아 소녀의 성장기

존 그리어 고아원의 제루샤 애벗은 고된 하루가 끝나갈 무렵 현관문에 서 있던 키가 큰 한 남자의 뒷모습을 보게 됩니다. 벽 위로 드리워진 그 사람의 그림자는 자동차의 불빛을 받게 되자 다리와 팔이 점점 길쭉하게 늘어나 복도 바닥에서부터 벽에 걸쳐 기다랗게 뻗어나갑니다. 마치 장님거미 같은 이 모습이 키다리 아저씨의 첫인상입니다. 묘비명에서 따온 제루샤라는 이름이 싫어 스스로 이름을 바꾼 주디는 키다리 아저씨의 도움을 받아 공부를 하고 그 대신 매달 편지를 씁니다. 편지를 쓰는 동안 외로운 주디에게 키다리 아저씨는 가족이고 친척이자 사랑을 표현할 수 있는 대상이 됩니다.

처음 학교에 갔을 때 주디는 배경이 좋은 다른 소녀들과 자신을 비교하며 열등감과 자격지심을 가지기도 합니다. 하지만 특유의 낙천적인 성격으로 열심히 노력한 결과 미켈란젤로도 몰라서 망신을 당하던 처음의 서툰 모습은 사라지고 학업에서 눈부신 발전을 이루게 됩니다. 또한 여러 가지 시행착오를 겪으면서도 키다리 아저씨의 바람대로 작가의 길도 가게 됩니다. 존 그리어 고아원 출신의 주디가 학업 상의 발전뿐만 아니라 좋은 친구들과의 우정과 여러 경험을 통해 점점 자긍심을 갖게 되면서 행복한 여대생으로 자라나는 과정은 독자들을 감탄하게 합니다.

그 과정에서 무엇보다 중요한 것은 주디가 과거에 대한 콤플렉스를 극복하고 한 인간으로서 내적 성장을 이루는 모습입니다. 고아원에서 겪었던 상처와 기억들을 외면하고 지워버리고 싶어 하던 주디가 어느덧 과거를 돌아보며 잘못했던 일을 반성도 하고 상처 받았던 일들을 이해하기도 합니다. 그러다 결국에는 고아원 생활을 통해 인생을 보는 안목을 가지게 되었다며 고아원의 기억들을 긍정적으로 돌아볼 만큼 성숙한 마음가짐을 갖게 됩니다.

연애편지에서 엿보는 한 남자의 사랑

편지 형식의 글을 읽으며 독자들은 주디의 사랑 이야기를 몰래 엿보게 됩니다. 이 책을 제대로 즐기기 위해서는 두 번 읽어보는 것을 추천합니다. 한 번은 주디의 학교생활과 성장에 초점을 맞추어 스토리를 그대로 따라가는 것이고, 두 번째는 키다리 아저씨인 저비스의 관점으로 읽어보는 것입니다. 이 두 번째 몰입에서 독자들은 한 남자의 심경 변화를 마음 깊이 느낄 수 있게 됩니다. 저비스는 처음에는 그저 글쓰기에 재능이 있는 고아 소녀를 후원하며 성장 과정도 지켜보려고 했으나, 자존심도 세고 당돌한 그 소녀는 무엇보다도 자신에게 무한한 애정을 표현합니다. 결코 써줄 생각이 없는 답장을 꼭 받을 거라 기대하기도 합니다. 그 소녀가 무심코 던진 슬펐던 어린 시절의 이야기와 자기 비하 발언은 때때로 저비스의 마음을 아프게 했을 것입니다. 그래서 조카를 핑계 삼아 학교로 찾아가서 자신이 키다리 아저씨라는 사실을 숨긴 채 만나보기도 합니다. 그리고 그녀의 상냥하고 귀여운 모습에 자신도 모르게 마음이 점점 끌리게 됩니다. 그 소녀는 키다리 아저씨의 정체를 모른 채 편지에 저비스 자신의 이야기를 쓰기도 하고 록 윌로우 농장에서 자신의 흔적을 찾아보기도 합니다. 그러던 어느 날, 그녀의 곁을 맴도는 명문대생 지미가 나타납니다. 그는 주디에게 자신이 다니는 학교인 프린스턴 대학 교기를 보내주기도 합니다. 저비스는 유치하지만 어쩔 수 없이, 지미가 있는 맥브라이드 캠프에 가려고 들떠 있는 주디를 가지 못하도록 막기도 합니다. 그 과정에서 주디의 거센 비난과 항의도 받지만 어쩔 수 없습니다. 지미는 주디에게 이것저것 가르쳐 준다는 둥 자꾸 가까이 있을 구실을 만들고 순진한 주디는 아무것도 눈치 채지 못해서 저비스는 답답하고 불안합니다. 늘 작은 일도

시시콜콜 알려주던 주디가 프린스턴 대학 무도회에서 있었던 일을 말해주지 않습니다. 어쩌면 지미가 주디에게 고백을 했을지도 모릅니다. 저비스의 심정을 모르는 주디는 편지로 지미 칭찬을 하기도 하고 저비스의 얕은 꾀를 비난하기도 합니다. 게다가 저비스의 집안사람들과는 달리 주디는 어떤 경우에도 물질에 현혹되지 않고 오히려 학업에 쓰이는 돈 그 이상을 주려는 저비스를 꾸짖기도 합니다. 이런 매력적인 여성에게 끌리는 것은 당연합니다. 그런 사실을 알 턱이 없는 주디의 의도하지 않은 사랑의 줄다리기에 저비스는 서서히 빠져들어 결국 주디를 사랑하게 됩니다. 그런데 주디는 성장해 나가면서 글쓰기를 통해 자립하려고 시도하며 점점 저비스의 영향을 벗어나려고만 합니다. 독자마저 다 알아차린 한 남자의 애타는 심경을 주디만 모릅니다. 이것이 이 소설의 재미 중 가장 큰 부분입니다. 그런 의미에서 마지막 편지 끝에 '난생 처음으로 쓴 연애편지'라는 주디의 말은 실연의 엄청난 아픔을 겪다가 겨우 자신을 추스린 저비스와 처음부터 모든 과정을 다 지켜본 독자들에게 웃음을 안겨주며 이야기의 막을 내립니다. 《키다리 아저씨》에 담긴 우정 그리고 사랑의 설렘과 고난을 극복하고 성숙해가는 한 소녀의 성장을 통해 독자들은 진정한 행복과 사랑이란 무엇인지를 다시금 느낄 수 있을 것입니다.

허윤정

1876년   뉴욕 프레도니아에서 출생했다.

1891년   친척인 마크 트웨인과의 사업적 마찰로 힘들어하던 아
버지가 스스로 목숨을 끊었다.

1896년   배서 대학에 입학했다.

1901년   문학사 학위를 받고 졸업했다.

1903년   동시대 여성들의 대학 생활을 그린《When Patty Went
to College》(패티, 대학에 가다)가 출간되었다.

1905년 《The Wheat Princess》(보리공주)가 출간되었다.

1907년 《Jerry Junior》(제리 주니어)가 출간되었다.

1908년 《The Four Pools Mystery》(4개의 연못 미스테리)가 출간되었다.

1909년 《Much Ado About Peter》(피터에 관한 소동)이 출간되었다.

1911년 《Just Patty》(말괄량이 패티)가 출간되었다. 매사추세츠주 타이링험(Tyringham, Massachusetts)의 오래된 농가에서 《키다리 아저씨》를 쓰기 시작했다.

1912년 《키다리 아저씨》가 단행본으로 출간된 동시에 베스트셀러가 되었다.

1913년 《키다리 아저씨》를 각색했다.

1914년 《키다리 아저씨》가 연극 무대에 올려졌다. 절친한 친구인 시인 아델레이드 크렙시(Adelaide crapsey)가 결핵으로 사망했다.

1915년 주디의 친구 샐리가 주디의 추천으로 존 그리어 고아원의 원장이 되어 일어난 일을 그린《키다리 아저씨 그 후 이야기(Dear Enemy)》가 출간되었다. 글렌포드 매킨니(Glenn Ford McKinney)와 결혼했다.

1916년 딸을 출산하고 40세의 나이로 숨을 거두었다.

1919년 《키다리 아저씨》가 무성영화로 제작되어 큰 인기를 끌었다. 이 작품은 그저 인기를 끈 하나의 이야기가 아니라, 고아들의 처우 개선을 하는 데에도 큰 역할을 했다.

옮긴이 허윤정

전공인 건축 이외에도 여러 문학 공모전에 입상하며 창작의 길을 걷고 있다. 번역한 책으로는
《벤자민 버튼의 시간은 거꾸로 간다》《광란의 일요일》이 있다.

키다리 아저씨

개정 1쇄 펴낸 날 2020년 12월 1일
개정 2쇄 펴낸 날 2021년 1월 30일

지 은 이   진 웹스터
옮 긴 이   허윤정
펴 낸 이   장영재
펴 낸 곳   (주)미르북컴퍼니
자 회 사   더클래식
전   화   02)3141-4421
팩   스   02)3141-4428
등   록   2012년 3월 16일(제313−2012−81호)
주   소   서울시 마포구 성미산로32길 12, 2층 (우 03983)
E-mail   sanhonjinju@naver.com
카   페   cafe.naver.com/mirbookcompany

* (주)미르북컴퍼니는 독자 여러분의 의견에 항상 귀 기울이고 있습니다.
* 파본은 책을 구입하신 서점에서 교환해 드립니다.
* 책값은 뒤표지에 있습니다.

더클래식

세계문학
컬렉션

11 | 그리스인 조르바 | 니코스 카잔차키스

미국대학위원회 선정 SAT 추천도서 / 한국간행물윤리위원회 선정추천도서
한국출판인회의 출판인이 선정한 100권의 도서

12 | 위대한 개츠비 | 프랜시스 스콧 피츠제럴드

〈타임〉지 선정 현대 100대 영문소설 / 어니스트 헤밍웨이가 인정한 완벽한 일급 작품
20세기 100대 영문소설 1위 / 미국대학위원회 선정 SAT 추천도서 / 뉴욕 공립도서관 추천도서
대한민국 명사 101인의 대표 추천작 / WTO 북클럽 추천도서

13 | 도리언 그레이의 초상 | 오스카 와일드

미국대학위원회 고교 추천도서 101 / 대한민국 명사 101의 대표 추천작

14 | 벨 아미 | 기 드 모파상

모파상의 가장 매력적이고 파격적인 작품 / 19세기 파리를 뒤흔든 파격 스캔들
2012년 개봉한 영화 〈벨 아미〉 원작

15 | 이상한 나라의 앨리스 | 루이스 캐럴

난센스와 판타지의 대표작 / 아카데미 '미술상' 수상한 영화의 원작
19세기 가장 유명한 영국 아동문학 작가

16 | 두 도시 이야기 | 찰스 디킨스

영국이 낳은 가장 위대한 소설가 / 영화 〈다크나이트〉의 모티프
미국대학위원회 선정 SAT 추천도서 / 서울시 교육청 선정 청소년 필독도서

17 | 햄릿 | 윌리엄 셰익스피어

대한민국 명사 101인의 대표 추천작 / 서울대학교 권장도서 100선 / 서울대학교 동서고전 200선
연세대학교 필독도서 / 미국대학위원회 선정 SAT 추천도서 / 국립중앙도서관 선정 청소년 권장도서

18 | 오페라의 유령 | 가스통 르루

4대 뮤지컬 〈오페라의 유령〉 원작 소설 / 프랑스 최고 추리소설 작가

19 | 1984 | 조지 오웰

〈타임〉지 선정 세상을 움직인 책 100권 / 〈텔레그라프〉지 완벽한 도서관을 위한 권장도서 100
세계 3대 디스토피아 미래 소설 / 〈가디언〉지 권장도서 / 뉴욕 공립도서관 추천도서
하버드 대학생이 가장 많이 산 책 1위

20 | 수레바퀴 아래서 | 헤르만 헤세

대한민국 명사 101인의 대표 추천작 / 헤르만 헤세의 사춘기 시절 경험을 바탕으로 한 자전적 소설
노벨문학상 수상 작가/ 국립중앙도서관 선정 청소년 권장도서

21 22 23 | 안나 카레니나 1~3 | 레프 니콜라예비치 톨스토이

톨스토이 생애 최고의 리얼리즘 소설 / 서울대학교 권장도서 100선 / 서울대학교 동서고전 200선
연세대학교 필독도서 / 미국대학위원회 선정 SAT 추천도서 / 오프라 윈프리 북클럽 권장도서
논술 및 수능에 출제된 책(1998~2005)

24 | 오즈의 마법사 1 - 오즈의 위대한 마법사 | 라이먼 프랭크 바움

미국대학위원회 선정 SAT 추천도서 / 연세대학교 필독도서 / 국립중앙도서관 선정 우수 번역서

25 | 리어 왕 | 윌리엄 셰익스피어

대한민국 명사 101인의 대표 추천작 / 서울대학교 권장도서 100선 / 연세대학교 필독도서
미국대학위원회 선정 SAT 추천도서 / 〈가디언〉지 권장도서 / 세인트존스 대학교 권장도서
논술 및 수능에 출제된 책(1998~2005)

26 27 28 29 30 | 레 미제라블 1~5 | 빅토르 위고

저명한 문학비평가들이 극찬한 세기의 걸작 / WTO 북클럽 추천도서
2013년 개봉한 영화 〈레 미제라블〉의 원작 / 전자책 베스트셀러 1위(2013)

31 | 월든 | 헨리 데이비드 소로

미국대학위원회 고교추천도서 101 / 미국대학위원회 선정 SAT 추천도서

32 | 겨울 왕국 (안데르센 단편선 1) | 한스 크리스티안 안데르센

어린이문학에 꽃을 피운 불멸의 작가 / 세계를 움직인 100권의 책 선정
노벨 연구소 선정 세계 100대 문학 작품

33 | 오만과 편견 | 제인 오스틴

서울대학교 동서고전 200선 / 연세대학교 필독도서 / 세인트존스 대학교 권장도서
〈텔레그라프〉지 완벽한 도서관을 위한 권장도서 100 / 〈가디언〉지 권장도서
미국대학위원회 선정 SAT 추천도서 / 국립중앙도서관 선정 청소년 권장도서

34 | 로미오와 줄리엣 | 윌리엄 셰익스피어

서울대학교 동서고전 200선 / 미국대학위원회 선정 SAT 추천도서
칼리지보드 선정 고교생 필독서 101권

35 | 바람이 분다 | 호리 다쓰오

미야자키 하야오의 애니메이션 영화 〈바람이 분다〉 원작

36 | 맥베스 | 윌리엄 셰익스피어

서울대학교 권장도서 100선 / 연세대학교 필독도서 / 미국대학위원회 선정 SAT 추천도서
국립중앙도서관 선정 청소년 권장도서

37 | 신곡 – 인페르노(지옥) | 단테 알리기에리

서울대학교 권장도서 100선 / 국립중앙도서관 선정 청소년 권장도서
미국대학위원회 선정 SAT 추천도서 / 〈뉴스위크〉지 선정 100대 명저

38 | 외투 · 코(고골 단편선) | 니콜라이 바실리예비치 고골

러시아 사실주의 문학의 지평을 연 작품

39 | 인간 실격 | 다자이 오사무

교육과학기술부 산하 사단법인 한국교육지원회 선정 아침독서 10분 운동 필독서
영화 평론가 이동진 추천도서

40 | 마지막 잎새(오 헨리 단편선) | 오 헨리

서울대학교 · 연세대학교 추천도서 / 서울시 교육청 추천도서
EBS 주최 북퀴즈 왕 선발 추천도서

* 더클래식 세계문학 컬렉션은 계속 출간될 예정입니다.